Les mots

me bousculent

AF137466

« *Il y a des jours, des mois, des années interminables où il ne se passe presque rien. Il y a des minutes et des secondes qui contiennent tout un monde.* »

Jean d'Ormesson, *Voyez comme on danse*.

« *Aucune histoire n'est innocente. Raconter, c'est se mettre en danger.* »

Boris Cyrulnik, *Sauve-toi, la vie t'appelle*.

© 2021, Charlotte Eveillard
Édition : BoD – Books on Demand,
12/14 rond-point des Champs-Élysées, 75008 Paris
Impression : BoD - Books on Demand,
Norderstedt, Allemagne
ISBN: 9782322399895
Dépôt légal : Décembre 2021

1 Cette place qui n'appartient à personne

Une plage déserte. Un chat est assis sur le sable blond. Il ne bouge pas. Il regarde vers l'océan, il a l'air concentré, l'œil fixé sur un détail au loin. Sa queue est enroulée autour de lui. Son poil est gris clair, soyeux, avec une partie blanche sur le dos et sur le bout de ses pattes. Il se tient bien droit.

Elle voudrait être comme ce chat, regarder l'océan et ne plus bouger. Être assise là, sur le sable.

Elle voudrait ne plus penser, ne plus avoir mal, ne plus être dans sa vie. Tout cela n'est qu'une erreur, une tragique erreur, une sorte de faille temporelle. Cela n'existe pas. Rien n'est vrai, rien n'est arrivé.

Si elle n'y pense pas, alors rien de tout cela n'existe. Pourquoi pas. Comme ces petits enfants qui ferment leurs yeux en pensant qu'ils deviennent ainsi invisibles au regard de l'autre. Ne plus penser, ne pas réfléchir.

Elle s'approche doucement du chat, elle sent sous ses pieds nus la caresse du sable tiède. Les petits grains de celui-ci passent entre ses orteils. Elle ferme les yeux, s'arrête pour mieux ressentir cette sensation agréable. C'est tout doux. Elle rouvre les yeux, avance encore pour se rapprocher du chat. Elle a envie de s'installer près de lui, d'être comme lui. Lui ne bouge toujours pas, absorbé dans sa contemplation.

Ça y est, elle est tout près. Il tourne légèrement la tête, la regarde, cligne de l'œil droit et elle prend ce geste pour une invitation à s'asseoir. Elle se baisse et doucement s'installe près de lui. Elle relève ses genoux vers sa poitrine et enroule ses bras autour, comme la queue du chat. Ses paupières se ferment. Combien de temps reste-t-elle ainsi ? Elle ne le sait pas, celui-ci n'existe pas ici sur cette plage. Aucun des deux ne bouge, le temps est comme suspendu. Ses pieds jouent avec les petits grains de sable, ils s'enfoncent doucement, c'est chaud. Puis, elle redresse ses orteils qui émergent dans une cascade de sable fin. Elle ne les voit pas, mais sait que ses ongles sont recouverts d'un vernis rouge qui s'écaille un peu. D'habitude, elle s'attache à ce genre de détails, mais là, curieusement, elle n'y prête pas attention. Elle chasse cette pensée, cela n'a pas d'importance.

Elle ne bouge pas, le vent agite doucement ses cheveux frisés, il ondule dans ses boucles. Elle ressent sa caresse sur sa nuque dégagée, une caresse chaude et douce. Le soleil est dans son dos, il la réchauffe délicatement de ses rayons, elle a presque la sensation d'un massage entre ses omoplates. Elle ne veut pas ouvrir les yeux, elle a peur que ça l'entraîne dans la réalité, d'affronter ses sentiments. Elle lutte, elle garde les yeux fermés tournés vers l'océan. Elle doit pouvoir oublier, tout oublier.

Il fait noir, aucune lumière ne filtre à travers la fenêtre. Elle regarde l'heure sur le radio réveil, il est 3 heures 07. Elle est dans son lit, seule. Ce n'était qu'un rêve. Toujours ce même rêve. Ce réveil la ramène à la douloureuse réalité, elle veut se rendormir vite, retourner voir le chat sur la plage, sentir de nouveau la caresse chaude du soleil, la sensation de plénitude, d'oubli de soi.

Elle se tourne plusieurs fois, en quête d'une bonne position qu'elle peine à trouver. Elle dort maintenant au milieu du lit pour ne plus le chercher la nuit, elle prend la place entre elle et lui, une place qui n'appartient à personne. Elle finit par se rendormir sans doute, car elle se réveille à nouveau à 7 heures 14. Ses yeux voudraient bien rester fermés, mais elle doit se lever, affronter la journée. Il est 7 heures 22. Elle repousse la couette chaude de sommeil et enfile son peignoir blanc qu'elle avait laissé sur la chaise, près du lit. Ne pas réfléchir, ne pas laisser les choses prendre de l'importance, ne pas donner un sens aux gestes quotidiens. Enfiler le peignoir, s'étirer, ouvrir le Velux puis ouvrir les volets et la fenêtre pour aérer la chambre. Chasser les ombres de la nuit au-dehors même si elles reviennent inlassablement. Elles connaissent le chemin, elles sont sournoises et tenaces.

Il est temps d'aller réveiller les enfants, elle a oublié ou plutôt ne retient pas l'emploi du temps de son fils. À quelle heure commence-t-il ce matin ? Tant pis, elle entre dans sa chambre. Comme chaque matin, il a beaucoup de mal à se réveiller. Comment fait-il pour dormir autant ? Ne pas se laisser atteindre par les bruits extérieurs ? Elle l'envie, dormir une nuit complète, sans se réveiller, est devenu un vague souvenir. De nouveau, comme une mouche qui vient la déranger, elle chasse ces pensées d'un léger coup de tête. Ne plus penser, ne pas réfléchir. Son fils grogne d'être réveillé, comme si chaque matin ce n'était pas la même chose, comme s'il n'avait pas à se lever. Cela sent un peu la sueur dans sa chambre, elle ouvre la fenêtre pour aérer. Il dort les volets ouverts, elle se demande souvent comment il fait pour ne pas se réveiller avec les premières lueurs du jour. Il y a un lampadaire dans la rue qui éclaire sa chambre, mais visiblement ni les bruits ni la lumière ne le dérangent. Elle lui donne un petit baiser et lui caresse doucement le bras en lui demandant de se lever, mais elle sait que, comme chaque matin, elle devra l'appeler plusieurs fois pour lui intimer de se lever. C'est un rituel qui parfois l'amuse ou l'agace, selon son humeur et son état de fatigue.

Elle sort de sa chambre et va vers celle de sa fille qui est déjà réveillée. Elle est encore blottie contre ses doudous, comme un petit enfant. Avant de se coucher la veille, elle a pris soin de placer une serviette sur son oreiller pour ne pas le salir, Alix aime tester des expériences sur ses cheveux. En ce moment, elle laisse le sébum envahir son cuir chevelu pour mieux le contrôler sans doute. Elle n'a pas vraiment compris le principe quand Alix le lui a expliqué, pourtant avec beaucoup de détails. Elle cherche un endroit dégagé de sa joue pour lui apposer un rapide baiser, elle n'aime pas trop être embrassée. Quand elle était petite, elle lui disait souvent « c'est trop d'amour » pour éviter les embrassades et les baisers mouillés. Cela lui est toujours difficile de se plier à cette règle, de s'habituer à ne pas lui faire de bisous aussi souvent qu'elle en a envie. Elle n'y arrive pas.

Elle fait un passage rapide par la salle de bain, se détaille quelques secondes dans le miroir. Elle passe la main dans ses cheveux, se recoiffe un peu. Le miroir lui renvoie un visage fatigué, les yeux cernés et tristes. Son teint est pâle et chiffonné comme un mouchoir qui aurait été trituré dans des mains angoissées. Sa bouche est immobile, presque figée. Comment fait-on pour sourire, elle ne s'en souvient plus. Son reflet lui fait mal, alors elle stoppe son introspection, ses yeux glissent vers la sortie pour ne pas davantage se regarder. En traversant le couloir pour rejoindre l'escalier, elle repense à son rêve, au chat, aux grains de sable tout doux entre ses orteils. C'est presque rassurant de savoir que ce soir elle pourra y retourner. Elle voudrait s'endormir et ne plus souffrir, tout oublier.

La journée défile, monotone, identique aux autres journées. Ne plus penser, ne pas réfléchir, elle y arrive presque à certains moments et déjà la nuit s'invite derrière les volets clos. Se doucher, se brosser les dents, se coucher. L'angoisse de ne pas s'endormir rapidement tente de s'immiscer en elle, de l'envahir pour transformer sa nuit en insomnie. Elle se force à respirer calmement, en veillant à gonfler le ventre pour prendre des respirations profondes, puis souffle lentement pour tout vider. Elle voudrait que toutes les inquiétudes, les angoisses soient éjectées dans ce souffle. Elle lit un peu et puis éteint la lumière. Ne plus penser, ne pas réfléchir. Attendre et laisser le sommeil l'envahir, revoir le chat gris sur la page, sentir les grains de sable chauds entre ses orteils. Ne plus penser, ne pas réfléchir.

Est-ce que toute sa vie maintenant ne sera qu'une succession de nuits sans sommeil, de douleur ? Depuis qu'il n'est plus là, elle se sent si seule. Elle pense à cela, assise sur une chaise en plastique, dans le jardin. Le printemps s'est installé, dès le matin le soleil darde ses rayons lumineux à travers la fenêtre de sa chambre. Avec les enfants, ils ont pris l'habitude de manger dehors, sur la terrasse. Ce midi, elle fixe leur table en plastique blanc. Elle est usée, noircie par endroits, pourquoi ne l'ont-ils pas remplacée ? Elle se souvient bien qu'ils ont parfois évoqué cette éventualité, mais le côté économe de son mari a pris le dessus. Recouverte d'une nappe en toile cirée, elle fera encore l'affaire quelques années lui avait-il assuré. Elle pense maintenant qu'elle pourrait en acheter une autre, mais rien qu'à l'idée de la choisir, elle ressent une grande lassitude, elle ne s'en sent pas le courage, elle se sent si vide.

Le déjeuner terminé, sa fille est montée dans sa chambre pour essayer le maillot de bain qu'elle vient de recevoir par la Poste. Commandé il y a plus de trois semaines sur Internet, il était très attendu. En la voyant déballer son paquet, elle espère qu'il va lui convenir, car le premier reçu n'était pas adapté à sa morphologie. Elle l'a pourtant mise en garde sur l'achat de certains articles sur Internet que l'on ne peut pas essayer, mais à chaque fois sa fille s'entête et lui assure que ce tee-shirt ou ce maillot de bain va vraiment bien lui aller, qu'elle a bien tout vérifié au niveau des mensurations. Elle lui a encore une fois fait confiance. Elle la regarde quitter la table toute contente et excitée par son paquet. Elle se souvient qu'elle aimait, enfant et adolescente, porter immédiatement les habits tout juste achetés. Toutes les nouveautés subissaient le même sort, trop impatiente de profiter de ces tenues qu'elle avait choisies dans le magasin, sans passer par la machine à laver. Les étiquettes étaient bien vite coupées afin de pouvoir se mirer dans la glace de sa chambre.

Elle entend en bruit de fond son fils qui lave la vaisselle dans la cuisine. Aujourd'hui, c'est son tour de préparer le déjeuner et mis à part quelques réglages, il s'en est plutôt bien sorti. Il a fait des efforts par rapport à l'avant-veille où elle avait dû se fâcher, car il n'avait rien anticipé et ils étaient passés à table juste avant quatorze heures, l'heure théorique de sa reprise au travail. À ce moment-là, elle avait pensé de façon ironique que c'était presque une chance qu'elle télétravaille, car elle n'avait pas de trajet très long à faire pour rejoindre son poste de travail installé dans le salon. Sinon, elle aurait dû se passer de manger. Malgré quelques avantages certains, ce confinement général, qui lui impose au quotidien cinq jours de télétravail, lui pèse beaucoup. Auparavant, elle se rendait tous les jours à son entreprise, située à une vingtaine de minutes en voiture de son domicile. Discuter avec ses collègues lui manque énormément. Les crises de rires, les blagues, les anecdotes personnelles ou professionnelles entre deux réunions sont des moments de détente où l'on relâche un peu la pression. Faire le trajet en voiture, même s'il est court, permet de décompresser un peu, de laisser les problématiques du travail dans son bureau et ne pas les apporter à la maison. Là, maintenant, tout est un peu mélangé, la frontière est extrêmement mince et déstabilisante.

Elle se tourne sur sa chaise pour bien profiter des rayons chauds du soleil sur son dos. Elle se sent si lasse soudain, si fatiguée. Elle ferme les yeux quelques secondes et lui revient en mémoire une journée de fin d'été où elle s'était sentie seule, si désespérément seule au milieu d'une foule.

C'était en septembre, l'année dernière, il faisait chaud. Une amie lui avait proposé d'aller dans un village voisin pour un festival de rue. Elle avait hésité comme à chaque fois que quelqu'un lui proposait une sortie depuis qu'il était parti. Dire « non » aux amis est compliqué, on a l'impression de les vexer alors qu'ils veulent bien faire, rendre service, aider à surmonter la peine. Mais elle se sentait de si mauvaise compagnie, n'avait pas envie de parler ni d'écouter. Elle voulait juste rester là, assise ou couchée et ne rien faire, attendre que les minutes défilent, laisser le temps s'écouler. Elle entendait souvent que seul le temps pouvait apaiser la peine. Pour une fois, elle avait fini par dire « oui » et elles étaient parties à trois, avec la fille de son amie. Cela va te faire du bien et te changer les idées lui avait-elle promis. Comment pouvait-on changer des idées ? Existait-il une sorte de service après-vente pour les échanger ? Elle imaginait la scène. Elle, derrière un comptoir de bureau : « Bonjour madame, je souhaiterais échanger ces trois idées-là, s'il vous plaît. » En échange, on pourrait choisir dans un catalogue les idées qui nous conviendraient davantage. Elle en avait beaucoup des idées qu'elle souhait échanger, des tas. Ce scénario farfelu lui avait trotté dans la tête pendant toute la durée du voyage en voiture jusque chez son amie. Elle s'était prise à son propre jeu et réfléchissait aux idées qui l'encombraient et à celles qui lui plairaient. Mais modifier ses pensées reviendrait à changer le cours de la vie et elle savait bien que c'était impossible. Le retour brutal à la réalité s'imposa et elle se força à ne pas pleurer. Elle ne voulait pas arriver larmoyante chez son amie.

Une fois arrivées sur place, tout s'était plutôt bien passé. Elles avaient écouté des musiciens jouer des airs entraînants sur le parvis de l'église, aperçu de loin une troupe de théâtre amateur qui parodiait *Roméo et Juliette* dans une version beaucoup plus moderne. Les quelques paroles du dialogue ne lui ont pas plu, elle n'aimait pas trop l'idée de transformer en phrases modernes des pièces classiques, cela paraissait incongru et anachronique. Il y avait beaucoup de monde dans les petites rues, surtout des familles avec enfants, sorties de chez eux pour se distraire et profiter du soleil. Le programme des manifestations dans les mains, elles ont fui un peu la foule qui se pressait devant les spectacles et ont rejoint un terre-plein herbeux près de la salle des fêtes communale. Seules quelques personnes attendaient comme elles que le spectacle suivant commence. Et quel spectacle, elle s'en souvient parfaitement bien, elle revoit la scène.

Une comédienne arrive. Elle est seule, habillée avec des vêtements hétéroclites et porte une perruque blonde. Elle ne dit rien, se tient debout et sourit avec un air un peu bêta. Elle attend patiemment que les spectateurs s'installent, les invite à se rapprocher plus près, devant elle, à se serrer sur les bancs en bois pour que tout le monde soit à son aise, bien assis. Un sourire plaqué sur ses lèvres peintes en rouge, elle remonte sans cesse sa jupe avec des gestes maladroits, empruntés. Sa jupe n'est plus droite, elle pend maintenant plus sur le côté gauche, avec la ceinture de travers. Un silence curieux et amusé plane sur l'assemblée. L'actrice commence à parler, mais le micro n'est pas branché. Le comique de la situation fait rire tout le monde, elle met quelques secondes à régler son micro-casque d'un air faussement gêné. Elle explique alors son projet : constituer une chorale avec le public présent. Elle est brillante dans son rôle de chef d'orchestre un peu folle. Elle glisse en bandoulière une guitare électrique soi-disant empruntée à son fils. Comme avec le micro, elle fait mine de ne pas savoir la brancher sur l'ampli. Elle se tourne vers le public, un air faussement embarrassé, elle rigole bêtement, tripote sa jupe qui, maintenant, dévoile un jupon démodé sur sa cuisse droite. Elle est très douée, elle réussit à faire chanter à quasiment tous les spectateurs une chanson du groupe Queen. Elle insiste bien sur l'accent pour les paroles en anglais, c'est très drôle. Elle n'est plus du tout empotée quand elle commence à jouer avec la guitare, les notes sont justes. La comédienne a su, par son jeu de godiche, la faire rire. Cela lui fait du bien, mais elle sent que les larmes sont toutes proches. Les émotions la submergent et la frontière entre le rire et les larmes est si mince.

Après cette représentation, elle se rappelle qu'elles se sont dirigées vers la buvette pour boire un verre et manger une crêpe. En chemin, son amie a croisé l'ancienne nourrice de sa fille. Elle l'a laissée quelques minutes à leurs retrouvailles et s'est retrouvée seule au milieu de la foule bruyante et joyeuse. Elle a regardé autour d'elle. De nouveau, les images remontent. Des tables en bois posées sur des tréteaux sont alignées sous un long barnum couleur vert bouteille. L'ombre créée par ces toits de bâches est très appréciée, beaucoup de personnes sont agglutinées tout près de la buvette pour en profiter en cette chaude journée de septembre. Plusieurs bénévoles au front luisant de transpiration s'activent derrière pour servir les clients, ils se déplacent vite, vont et viennent, chacun concentré sur sa tâche. Les tickets permettent de se payer une boisson, une part de gâteau fait maison, des crêpes et des friandises. Son regard est attiré vers un petit garçon avec une casquette rouge. Il tire sur le short de son papa pour demander à boire, il tend son petit visage aussi haut qu'il le peut pour capter son attention, l'appelle, répétant sans cesse « papa, papa, papa… » en boucle. Mais le papa est concentré, en pleine conversation et ne prête pas attention à ce petit bonhomme assoiffé. Finalement, au bout d'un moment, il arrive à capter le regard de son père et parvient à ses fins. Un gobelet de limonade dans ses petites mains potelées, il sirote avec plaisir sa boisson, laissant couler quelques gouttes sur son menton.

À cet instant précis, quelque chose s'est brisé en elle, elle s'est vite détournée de cette image, mais n'a pu faire obstacle à cet énorme poids qui venait insidieusement en elle, l'empêchant alors de se mouvoir, de se déplacer. Elle ne pouvait pas lutter contre les sanglots qui l'ont envahie, noyée, comme une vague incontrôlable. Les larmes ont coulé, lourdes et puissantes sur ses joues, sans retenue. Elle avait si mal, mal dans son cœur, mal dans son âme, mal partout. Elle ne sait pas combien de temps elle est restée comme ça, immobile, en pleurs. Elle a fini par reprendre conscience des autres autour d'elle, des cris des enfants, des discussions animées et, dans un soudain sursaut de pudeur, elle a vivement essuyé ses larmes d'un revers de main et s'est longuement mouchée. Les sanglots ont emporté avec eux les rires suscités par la comédienne, le plaisir de la musique écoutée, la douce chaleur du soleil sur son visage et toute son énergie, elle s'est sentie très lasse et vide. Quelques personnes, gênées, l'ont regardée puis ont rapidement détourné leur regard. Elle s'est sentie soulagée qu'aucun ne soit venu lui parler. Elle n'aurait pas supporté qu'un étranger vienne vers elle pour la consoler ou lui demander ce qu'il n'allait pas. Qu'aurait-elle répondu ?

Elle rouvre les yeux, elle est toujours assise dans son jardin sur la chaise en plastique. Son fils a terminé de faire la vaisselle, il est monté dans sa chambre pour se plonger dans le monde virtuel de ses jeux. Elle bouge un peu sur sa chaise pour revenir dans la réalité, cligne des yeux pour sortir de ce souvenir. Le soleil s'est caché derrière un nuage, elle se lève pour rejoindre son bureau aménagé dans le salon, il est temps de se remettre à travailler. Elle est à peine installée quand son téléphone sonne. C'est sa mère qui appelle pour prendre des nouvelles.

Elle ne s'attarde pas, elle a du travail. Elle se concentre sur ses tâches du jour. Depuis le 2 mars, elle a changé de poste. Auparavant assistante de direction, elle s'ennuyait dans ses fonctions. L'arrivée des nouveaux outils collaboratifs et des modifications au sein du service dans lequel elle travaillait ont achevé de lui retirer son travail quotidien de gestion des agendas et d'organisation du service. Cela s'est délité au fur et à mesure. Au début, elle en était satisfaite, avait du temps pour elle, pour gérer un peu plus son quotidien, mais, progressivement, le sentiment d'inutilité lui a pesé. Des questions tournaient en boucle dans son esprit « A quoi je sers ? », « Si je n'étais plus là, cela ne changerait rien » … Cette situation ne lui convenait plus du tout. Elle s'en est ouverte une fois de plus à son responsable hiérarchique et quelques pistes ont finalement été émises, mais rien ne lui convenait durablement. On lui parlait d'étendre ses missions auprès d'autres directions, d'une reconversion éventuelle dans l'informatique, mais elle ne parvenait pas à s'y projeter. Finalement, à la faveur d'une rencontre avec un directeur, elle a eu la chance de pouvoir intégrer une nouvelle équipe au sein de son entreprise. Elle travaille maintenant dans le service de gestion des ressources humaines et a en charge l'aspect communication. Changer de travail représente un réel défi après avoir exercé pendant plus de dix-neuf ans des activités d'assistanat et cela lui a fait peur. C'est comme les montagnes russes, cela change tout le temps. Un coup, elle se sent pousser des ailes et s'imagine très douée pour ces fonctions, un coup, elle doute de tout, d'elle, de ses compétences, de sa capacité à y arriver et elle se sent envahie par des questions qui se bousculent dans sa tête.

Elle a peu confiance en elle et changer de poste lui fait davantage ressentir cette fragilité. Mais elle pense tout de même que c'est une bonne chose. Elle a bien conscience de son jugement négatif sur elle-même. Elle le cache, elle a appris l'art du camouflage depuis très longtemps. L'anxiété de ne pas être à la hauteur, la honte d'être mal jugée par les autres sont des sentiments qu'elle connaît bien. Alors, elle ruse, elle compense ses peurs, ses appréhensions, son mal-être pour se prouver qu'elle peut y arriver, mais elle met souvent la barre très haut et est rarement satisfaite d'elle. C'est un cercle vicieux : plus elle arrive à atteindre ses objectifs, plus elle remonte la barre. Elle est prise à son propre piège, mais elle ne sait pas comment en sortir. Et la perte de son mari n'a pas amélioré son manque de confiance en elle. Elle y a cru pourtant. Elle s'est épuisée à plusieurs reprises à vouloir se débrouiller seule, sans lui, se prouver qu'elle pouvait assurer dans tous les domaines : le bricolage, la tenue de la maison, l'éducation des enfants. Elle ressent même au plus profond d'elle-même l'envie parfois de pallier complètement le manque, sa disparition auprès de ses enfants. Elle voudrait tant les protéger de toute cette peine, leur éviter la douleur. Alors elle tente d'occuper la place laissée vacante par leur papa. Elle se souvient avoir voulu faire de même pendant la maladie de son mari. Elle souhaitait l'épauler pour que les tâches du quotidien, qui devenaient difficiles, lui soient plus accessibles ; elle voulait même le guérir. Tout ceci n'était que peine perdue, à son mal-être est venu s'ajouter le sentiment de l'échec. À ses dépens, elle a nourri un cercle vicieux. Elle quitte ses pensées et se reconcentre sur le compte-rendu qu'elle doit rédiger d'ici à la fin de la journée.

2 Les doudous

Elle se réveille en sentant les larmes couler sur ses joues et dans son cou. Cela lui arrive souvent depuis qu'il n'est plus là. Ses nuits sont régulièrement tourmentées. Certains songes peuvent être agréables, d'autres sont étranges et semblent n'avoir aucun sens lorsqu'elle s'en souvient au matin. D'ailleurs, dans la plupart des cas, elle s'en souvient bien. Elle a entendu dire, en écoutant une émission, à la radio qu'il ne faut pas chercher à analyser ses rêves. Celui-ci était compliqué, douloureux, elle ne cherche pas à le comprendre, à le décortiquer, même si les images sont encore bien présentes à son esprit.

Elle ouvre les yeux, de la lumière s'infiltre derrière les volets clos. Son radio-réveil indique 8 heures 13. Elle ressent un soulagement, vu l'heure, elle n'aura pas à lutter contre ses fantômes pour se rendormir. Avant que tout ne s'écroule dans sa vie, elle dormait bien, sans réveils nocturnes, sans tous ces cauchemars qui viennent peupler ses nuits, sa vie semblait comme tracée sur une ligne droite qu'il suffisait de suivre, c'était facile, évident. Elle se sentait protégée en quelque sorte, rassurée, elle savait qu'elle pouvait compter sur lui, qu'il était là avec elle dans les bons et les mauvais moments, qu'il pouvait prendre le relais quand elle se sentait fatiguée. Mais depuis des semaines, des mois entiers, elle n'a emprunté que des chemins tortueux. Elle a la sensation de s'être perdue sur une route qui lui est inconnue. Elle en cherche une nouvelle, elle a besoin de repères, de savoir où elle va. Elle sera sûrement semée d'embûches, d'obstacles qu'il faudra franchir, mais elle espère y arriver, elle a besoin de croire à cette issue.

Elle repousse la couette, s'étire et se lève pour ouvrir les volets. Avant même d'ouvrir la fenêtre, elle entend les oiseaux chanter. Le ciel est gris dehors, mais il ne fait pas froid. Depuis le confinement généralisé, il y a beaucoup moins de circulation dans sa rue, elle trouve plus agréable de pouvoir entendre le chant des oiseaux le matin plutôt que le bruit des voitures. Fermant les yeux, elle écoute quelques secondes leur pépiement. Elle longe le couloir pour jeter un coup d'œil dans la chambre de ses enfants, ils dorment encore. Raphaël est entortillé dans sa couette, elle distingue juste quelques cheveux et un pied qui dépasse. Sa tête est posée sur un gros ours en peluche beige qu'il a reçu en cadeau lorsqu'il avait 4 ou 5 ans. L'ours qu'il a prénommé Raymond ou Robert, elle ne s'en souvient jamais, n'est pas seul. Toute une ribambelle d'animaux partage le lit de son fils. Il y a Serpent-python (dont elle aperçoit un bout de la queue multicolore), un âne gris ; un petit père Noël en peluche tout doux qui, elle s'en rappelle maintenant, lui avait été offert avec sa première paire de baskets ; une poule au plumage marron et aux pattes orange, accompagnée de son petit poussin jaune ; le chien aux oreilles plates et au nez retroussé, nommé Caramel, en raison de la couleur de son pelage et, bien sûr, l'éternel compagnon de Raphaël depuis sa naissance, Crayon-beige. Crayon-beige, comme son nom ne l'indique pas forcément, est un lapin de couleur beige. Il a un corps tout en longueur, des yeux cousus de fils marron et un petit museau qui fut autrefois rose. Il traîne avec lui, depuis son entrée à l'école maternelle, ces deux lapins aux grandes oreilles. Il n'en avait qu'un au départ, mais lorsqu'il a quitté pour la dernière fois sa nourrice, il est parti avec le doudou qui restait chez elle et quelle ne fut pas sa surprise d'en trouver un autre dans son lit. Elle avait oublié de retirer celui utilisé à la maison ! Elle a bien tenté de lui en enlever un, mais en vain, il n'a jamais voulu se défaire de sa paire de lapins. Ils sont maintenant bien usés tous les deux à force d'avoir de les emporter partout : au camping, en vacances, en week-end… bref, dans toutes les maisons où ils restaient dormir. Bien entendu, depuis qu'il est plus grand, il n'apporte plus de doudous chez ses amis. Ils restent bien sagement sur son lit, à la maison. À partir du CP, chaque matin, il prenait soin de tous les embrasser et de les disposer de manière qu'ils soient adossés contre ses oreillers. Dorénavant, elle les retrouve fréquemment oubliés sous le lit ou cachés sous un pull abandonné sur son bureau. Raphaël n'est pas très précautionneux avec ses affaires, même avec ses vieux doudous.

Elle referme doucement la porte de son fils et jette un œil dans celle de sa fille qui dort également profondément.

Pour sa part, elle n'est accompagnée que de deux doudous – dont un qui lui a été offert à sa naissance, nommé Takinou. Il n'a plus de forme, ses pattes partent en lambeaux et son ventre a déjà été raccommodé par sa grand-mère de nombreuses fois, mais malgré cela, elle aime enfouir son nez dans son cou rapiécé et le sentir. Invariablement, il est là tout près d'elle le matin quand elle se réveille. Elle possède également un chien en peluche, mais, contrairement à son frère, il s'agit d'une femelle surnommée Olga. Depuis le collège, elle n'apporte plus ses doudous lorsqu'elle se rend chez des amies, mais il est drôle de lire sur son visage le plaisir de les retrouver le lendemain.

Elle descend dans la cuisine pour commencer à préparer le brunch. Ils ont pris l'habitude depuis quelques semaines de bruncher le dimanche. Elle s'attelle à la préparation de la pâte à pancake qui doit reposer une demi-heure. Elle a du temps devant elle, elle prend le tapis de gym resté dans le salon, s'assoit dessus pour y faire quelques exercices de pilâtes. Elle déniche sur Internet une vidéo d'une Américaine qui est vêtue d'une combinaison bleue très moulante. Elle est un peu ridicule dans sa tenue, mais le titre de la vidéo lui promet une plastique de rêve si elle suit cette routine trois fois par semaine. « Inspirer, expirer, c'est parti pour trente minutes de renforcement musculaire. » Bon, elle sait déjà qu'il va lui falloir de la motivation et de l'énergie pour s'y tenir, mais elle se dit que si cela lui plaît, elle y prendra goût.

Avoir un joli corps, rester mince et ferme, se sentir bien dans sa peau… Beaucoup de femmes en rêvent et surtout passé quarante ans, on sent que les tissus se relâchent, les grossesses ont laissé des traces sur l'élasticité de la peau, des vergetures se sont installées et on ne se sent pas aussi tonique qu'auparavant. Elle est particulièrement attentive à son corps. Elle a toujours aimé se sentir jolie et plaire, elle aime être mince. Cependant, cela peut parfois rester une idée fixe, elle voudrait bien ne pas trop y penser et ne pas y attacher autant d'importance. Il est vrai que la vision de son corps lui a causé du souci. Elle a perdu quelques kilos après la disparition de son mari, sa perte de poids a été rapide. Elle se souvient qu'elle ne parvenait plus à avaler quoi que ce soit, rien ne passait dans sa gorge. Les grammes se sont envolés, la laissant fatiguée et sans énergie. Ses habits sont devenus trop grands, sa taille ne retenant plus les ceintures, son corps flottait dans ses robes. Mais sa propre vision d'elle n'a pas évolué en même temps. Lorsqu'elle se regardait dans le miroir, elle ne se voyait pas telle qu'elle était vraiment. Elle tâtait des bourrelets invisibles, rentrait son ventre déjà plat pour paraître plus mince, ou serrait son fessier, les trouvant mieux ainsi. Elle a envie d'être belle pour un homme qu'elle a découvert sous un autre angle que celui d'un copain, il s'appelle Jérôme.

Elle sait que son propre corps a évolué en même temps que sa relation avec son mari, il a vu en temps réel les stigmates des grossesses, les changements dans son anatomie. Il a vu naître les petites rides autour de ses yeux, les fils blancs qui viennent parsemer les boucles blondes. Alors, l'idée de se retrouver nue devant un autre homme est assez terrifiante. On s'imagine qu'il va voir tous les défauts, les vergetures sur les cuisses, la cellulite. Au moment de passer à l'acte, évidemment, rien n'est facile. Accepter le contact d'une nouvelle peau, embrasser de nouvelles lèvres, sentir une odeur différente sont des sensations perturbantes qui lui ont fait ressentir de la culpabilité, presque une trahison de son histoire d'amour avec son mari. Lors des premiers rapports, elle n'était pas du tout détendue. C'était comme si elle avait branché une petite caméra et s'observait avec un œil critique. Elle rejouait ensuite la scène pour essayer d'analyser ce qu'elle avait ressenti, comment elle s'était comportée. Heureusement, cette torture de l'esprit n'a pas duré trop longtemps, Jérôme a su la mettre à l'aise et être à l'écoute de ses appréhensions, de ses doutes. Petit à petit, tendrement, il lui a permis de ne pas se sentir coupable de prendre du plaisir.

Un bruit sourd l'arrête dans ses pensées. Elle se lève du tapis, met la vidéo sur pause et se dirige vers le garage. C'est le chat, Pépite, qui a fait tomber une caisse, rien de cassé. Il la regarde, l'air interrogateur comme s'il se demande ce qu'elle fait là. Il s'approche et se frotte contre sa cheville en ronronnant. Même sans être doté de la parole, il sait se faire comprendre et elle saisit très bien son message. Elle lui remplit sa gamelle de croquettes au poulet, il les aime particulièrement. Le sac à la main, elle se penche pour les verser dans son écuelle, mais il la bouscule, pressé de manger et elle en fait tomber la moitié à côté de sa gamelle.

Ce chat, ils en sont tous un peu gagas. D'habitude il dort à la maison, mais, hier soir, quand sa fille l'a appelé chat par la fenêtre, il n'est pas rentré, il devait être hors de portée de sa voix. Alix a renoncé au bout de quelques minutes d'appels. Ce soir, il ne dormira pas dans le lit de sa fille, où il aime se lover entre ses jambes sur la couette chaude, tourne, vire, cherche la meilleure position et finit par s'installer en bâillant. Elle ne sait pas si le chat dort toute la nuit dans le lit d'Alix, ce qui est sûr, c'est que tous les matins, lorsqu'elle se lève et ouvre sa porte, quelle que soit l'heure, le chat est là, assis dans le couloir et il l'attend. Elle entend ses pattes sur le parquet. Il s'étire, miaule comme pour lui dire bonjour (elle l'interprète en tous cas comme un salut matinal et cela l'amuse). Puis, il descend l'escalier avec elle, entre ses jambes en la regardant pour bien vérifier qu'elle est toujours là. Ce chat est très important dans leur vie, surtout pour les enfants.

Alix, qui d'habitude est réservée et peu encline à exprimer ses sentiments, agit avec le chat comme s'il était un humain : elle lui prête des attitudes, des regards, des gestes qu'elle interprète à sa guise. Par exemple, lorsqu'elle le prend dans ses bras et que la patte du chat est posée sur son épaule, elle dit qu'il lui fait un câlin. Elle l'entoure d'une affection sans bornes, lui répétant souvent qu'il est tout mignon et qu'elle l'aime fort. Il est l'objet de toute son attention. Son frère n'est pas en reste, il aime le porter comme on le ferait pour un bébé en le berçant et Pépite se laisse faire de bonne grâce. Elle espère qu'il ne lui arrivera rien à ce chat, sinon ce serait un drame pour ses enfants.

3 La boule

Encore une nouvelle journée qui commence. Elle a parfois la sensation d'étouffer, de ne pas pouvoir tenir et compte les jours avant la fin du déconfinement. Elle a tellement hâte de pouvoir sortir quand elle en a envie, sans cette ridicule attestation, sans garder l'œil fixé sur la montre pour respecter le temps de sortie autorisé. Les premiers jours, comme la plupart de ses voisins, amis et famille, elle en a profité pour nettoyer à fond la maison trouvant qu'elle avait enfin du temps pour se consacrer aux tâches ménagères de printemps. Mais au fil des jours, des semaines, sa motivation s'est étiolée ; tout lui manquait, ses amis, ses collègues de travail. Dans ces moments-là, on se rend compte de l'importance prise dans la vie par les relations sociales, amicales, par les loisirs également. Et puis, Jérôme lui manque beaucoup. Depuis quelques semaines, il prend de plus en plus de place dans sa vie, il occupe son esprit, mais aussi son cœur. Même si cela peut paraître difficile à comprendre, elle a la sensation qu'elle a de la place pour un autre homme dans son cœur de femme.

Et pourtant, que de nuits agitées, de pensées bousculées, de culpabilité, d'inquiétudes, de questions sans réponse. Est-ce possible d'aimer de nouveau quelqu'un d'autre ? Est-ce normal que cela lui arrive si vite après la disparition de son mari ? Est-elle une mauvaise personne, sans cœur ? Comment en parler à la famille, aux amis ? Comment vont réagir ses enfants ? Vont-ils comprendre ? Les points d'interrogation ne laissent pas la place aux réponses apaisantes. Elle tourne la situation dans tous les sens sans parvenir à l'assumer. Quand elle y pense, le nœud dans sa gorge revient, elle l'appelle « la boule ».

Cette boule d'angoisse l'accompagne depuis la crise d'épilepsie de son mari. Elle est apparue dans sa gorge, dure, lourde, encombrante et douloureuse. Certains jours, elle l'empêche même de respirer complètement, de manger, elle semble vouloir l'immobiliser sur place, la bloquer. À plusieurs reprises, elle a tenté l'autohypnose pour la faire partir ou au moins diminuer, elle prenait trop de place. Mais en vain, rien n'y a fait pendant des jours et des jours, impossible de s'en défaire.

Elle ne peut pas dire à quel moment la boule a diminué, cela est venu progressivement. S'est-elle rétractée ? Déplacée plus loin dans sa gorge ? Sa pression s'est faite moindre, elle lui a laissé du répit, mais elle sait qu'elle est toujours là, au fond de sa gorge. Elle la sent nettement.

Son esprit vagabonde, elle regarde par la fenêtre, il fait encore très beau aujourd'hui. Le vent fait doucement onduler les feuilles du seul arbre planté devant chez elle. Ils vivent dans une petite maison de ville à quelques minutes à pied du bourg du village. C'est une habitation fonctionnelle, chacun a sa chambre, elle n'est ni trop petite ni trop grande. Le petit jardinet accueille deux carrés potagers où elle a mis en terre des plants de tomates et de fraises. Deux framboisiers, un mûrier, de la ciboulette, de l'origan et du basilic viennent compléter le tout. Ils ont ajouté un hamac et un transat pour prendre le soleil côté sud, où la haie de troènes coupe du vent et laisse passer les rayons du soleil. Derrière la maison, on trouve une terrasse en bois qui mériterait un bon nettoyage, les lattes sont glissantes les jours de pluie. Située au nord, elle permet de prendre des repas dehors à l'ombre. Aucun bruit de circulation ne parvient à ses oreilles, elle entend un grincement et des cris d'enfants qui doivent sauter sur un trampoline.

L'insouciance des enfants l'attire même si elle ne voudrait pas retourner en enfance (dans la sienne, en tout cas). Elle n'a pas eu une enfance heureuse, ses parents ont divorcé lorsqu'elle avait 10 ans, son père était un homme violent, alcoolique. Elle a longtemps gardé trace de sa violence dans ses rêves, des scènes très dures lui sont restées en mémoire. Petite et jusqu'à ce qu'elle soit adolescente, elle se souvient qu'elle enviait ses amies qui avaient une famille unie. Comment faisaient-ils ces adultes pour rester mariés, pour être heureux ensemble ? Pourquoi cela ne pouvait-il pas être le cas pour sa famille ? Les scènes de violence auxquelles elle a assisté l'ont beaucoup perturbée et fortement insécurisée. Au fond d'elle, elle rêvait d'un mariage heureux et quand elle a rencontré Nicolas, elle a tout de suite su que c'était le bon, elle a eu ce qu'on appelle « un coup de foudre ». Elle ne saurait pas expliquer ce qu'il s'est passé dans sa tête : dans son cœur, elle a juste su que c'était lui. Celui-ci s'est emballé et elle se souvient avoir ressenti des petits picotements, comme si une nuée de papillons s'envolait à l'intérieur de son ventre.

Avec du recul, elle a bien conscience maintenant que dans les premiers mois de leur relation, elle n'était pas facile à vivre. À l'époque, elle avait peur d'être abandonnée et donc était extrêmement possessive avec Nicolas. Jalouse aussi, c'était plus fort qu'elle. Elle n'aurait pas supporté de le perdre. Pourtant, elle n'aimait pas être comme cela, agir comme elle le faisait, bouder, lui faire la tête s'il parlait trop longtemps à une jeune fille. Elle pensait souvent qu'il allait se rendre compte qu'elle n'en valait pas la peine et qu'il pouvait trouver beaucoup mieux. Ce manque de confiance en elle aurait pu tout gâcher, mais leur jeune couple a surmonté ces moments difficiles et ils se sont installés ensemble. Elle avait obtenu son diplôme d'assistante de direction à l'ENSEC, une école de commerce de Nantes. Lui avait passé des concours dans les écoles d'éducateur dans le Grand Ouest. Elle l'aimait si fort, elle l'aurait suivi au bout du monde s'il avait fallu et, par un curieux hasard, c'est finalement dans le département du bout de la terre, dans le Finistère, qu'ils se sont installés. Les débuts n'ont pas été faciles, elle a trouvé des petits boulots pour payer le loyer.

Le soir, ils se retrouvaient, lui travaillait dur. Il avait l'habitude d'écouter de la musique en révisant ses cours. Elle a toujours trouvé très étrange de pouvoir se concentrer en écoutant de la musique, elle en était incapable. Il a obtenu son diplôme en juin 2003. Elle garde peu de souvenirs précis de cette période, ils étaient juste bien ensemble.

En 2001, elle a commencé à travailler dans un CMPP, un Centre Médico Psychopédagogique, situé à Brest. Elle se souviendra toujours de l'appel téléphonique reçu ce 11 septembre 2001, au moment où les tours jumelles de New York s'effondraient, une nouvelle vie démarrait pour elle. Le Directeur du CMPP lui proposait un contrat en remplacement de l'assistante en arrêt maladie. Ses premiers contrats étaient précaires et puis, au bout de quelques mois, elle a décroché un CDI. Sa prise de poste définitive a été difficile, la personne qu'elle remplaçait étant décédée des suites d'une longue maladie quelques jours avant. Malgré ce contexte un peu particulier, ce poste lui a beaucoup plu, elle aimait le contact avec les enfants et a appris beaucoup de choses en côtoyant l'équipe pluridisciplinaire. Certains de ses collègues sont devenus des amis. Elle s'est investie, elle était très active dans la vie sociale de son entreprise, au fur et à mesure des années, avait en charge l'organisation des arbres de Noël et des repas entre collègues.

Puis, elle est tombée enceinte, ce fut comme une évidence pour eux, même si leur situation financière n'était pas la meilleure. Alix naît fin juin 2003, quelques jours avant que Nicolas ne fête son diplôme. Quel bonheur. Se remémorer tout cela lui fait monter les larmes aux yeux, elle se voit encore à la maternité avec Nicolas à ses côtés. Elle est si nerveuse, tout est nouveau pour elle, elle en arrive même à se demander si elle sera à la hauteur et arrivera à accoucher ! Elle sait pourtant que l'accouchement sera médicalisé, car sa fille se présente en siège décomplété. La sage-femme qui la suit depuis quelques semaines n'a pas pu bouger son bébé dans son ventre pour lui orienter la tête vers le bas. Cette manipulation s'est avérée très douloureuse et elle a eu peur que son enfant souffre aussi. Elle sourit en se remémorant Nicolas qui cherche à la détendre. Il imite, assez mal d'ailleurs, un des médecins de la série télé *Urgences*. À défaut de la faire rire, elle arrive au moins à penser quelques secondes à autre chose qu'à son corps, couché sur la table d'examen, son ventre sanglé par le monitoring, le son du cœur de son bébé et le champ opératoire que la sage-femme s'apprête à fixer sous sa poitrine. Elle ne sent plus ses jambes, elles semblent comme mortes et cette sensation lui est très désagréable. Déjà quelques minutes avant, elle avait eu le malheur de regarder l'aiguille de rachianesthésie qui lui avait été plantée dans la colonne. Des gouttes de sueur froide coulent le long de son corps, elle a si peur ! La sensation d'avoir tout oublié des explications du médecin sur les conditions d'une césarienne. Nicolas reste tout près d'elle pendant tout l'accouchement, il l'embrasse sur le front, lui tient la main. Tous ces souvenirs qui remontent la font beaucoup pleurer. De nouveau, la boule dans la gorge revient, elle n'est jamais loin.

Elle déglutit plusieurs fois, se lève pour aller boire un verre d'eau, mais la boule reste là, elle ne partira pas tout de suite. Elle quitte ses souvenirs, elle repousse les larmes. Elle respire calmement, attend que la boule s'endorme, lui laisse du répit.

Après de longues minutes, elle se sent mieux. Assez pour se concentrer sur des tâches du quotidien, étendre du linge, passer l'aspirateur ou encore regarder un peu la télévision. En mode robot pour ne pas laisser les souvenirs affluer de nouveau, à chaque jour suffit sa peine, elle a assez pleuré pour aujourd'hui. Dehors, un bruit de gazouillement de bébé, la voix de son papa qui le chatouille en lui répétant : « guili guili » Le bébé rigole, ça la fait sourire.

Trois bips sur son portable, elle se lève pour aller vérifier ses messages. Son chat doit également se sentir concerné, car il vient poser sa patte sur l'écran du téléphone. Elle sourit de l'incongruité de la situation, elle imagine comment pourraient être les téléphones portables pour les chats, elle a parfois de drôles d'idées qui lui passent par la tête. Cela lui fait du bien de sourire.

Son téléphone n'est jamais loin, elle ne s'en sépare pas. Elle a pris la mauvaise habitude de dormir avec depuis plus d'un an maintenant et n'arrive pas à s'en défaire. Au début, quand la maladie de son mari s'est déclarée, il s'agissait de pouvoir appeler les secours rapidement. Elle est tellement angoissée par ce qui leur arrive. S'il se sent mal dans la nuit, s'il fait de nouveau une crise d'épilepsie, elle n'aura qu'à tendre le bras pour attraper son portable toujours allumé sur la table de nuit. Et pendant les périodes où il était hospitalisé, il pouvait la joindre n'importe quand. Elle dort si mal que le moindre bruit la fait sursauter. Le soir, après lui avoir envoyé plusieurs messages pour s'assurer qu'il va bien, qu'il ne souffre pas trop, elle plonge dans un sommeil peuplé de cauchemars. Elle se réveille souvent, vérifie son téléphone, puis tente de se rendormir. Au réveil, le matin, le premier geste qu'elle fait est de tendre le bras pour attraper son portable et lui envoyer un message pour vérifier s'il a pu dormir un peu, s'il n'a pas trop mal, s'il a mangé.

Tout au long de la journée, il est dans sa main, dans sa poche comme une extension de son corps. La moindre sonnerie l'arrête dans ce qu'elle est en train de faire. La peur, la sueur qui coule dans le dos, l'angoisse qui étreint le cœur, la boule qui sert sa gorge à la lecture d'un de ses messages dans des moments plus difficiles que d'autres. L'espoir, l'envie de se battre, la colère contre cette saleté de maladie qui la motive à lui envoyer des messages combattants. L'amour, les frissons sur la peau, la tendresse dans les SMS qu'elle lui adresse pour lui dire qu'elle est là, avec lui, qu'il n'est pas seul, qu'elle l'aime si fort. Même si les dernières semaines avant sa disparation, il n'avait plus d'affect, il ne lui exprimait plus son amour. Le combat est inégal, la maladie lui grignote le cerveau, générant différents troubles, et notamment émotionnels. Il n'est plus lui, elle a la sensation de l'avoir déjà perdu, d'être à côté d'un autre homme, un homme anonyme, d'une personne qu'elle ne connaît pas. Elle ne retrouve plus son odeur, son visage, sa personnalité. Il peut être agressif, mélancolique ou absent et l'instant d'après parler pour ne rien dire, tout cela est très déstabilisant.

Encore aujourd'hui elle se pose beaucoup de questions. Avait-il bien saisi ce qui lui arrivait ?

4 Il n'est déjà plus lui

Tout cela est arrivé si vite. Ils ont invité chez eux des amis du Finistère en cette belle journée de décembre 2018. Tout s'est bien passé, un repas sympathique le midi puis une balade dans Rennes l'après-midi. En fin de journée, les amis partent et Nicolas dit qu'il se sent fatigué, elle range la cuisine et la salle à manger. Ils ne dînent pas ce soir-là, le déjeuner a été copieux et un peu tardif. Nicolas dit se sentir mal, il monte dans la chambre s'allonger un peu. Il souffre déjà depuis quelques semaines de maux de tête répétitifs et semble parfois absent. Il ne dit pas toujours lorsqu'il a des céphalées, mais elle a remarqué, déjà depuis quelques semaines, qu'il est là sans être là. C'était une drôle de sensation qu'elle ne sait pas expliquer, il est physiquement présent près d'elle, mais elle le sent comme absent de son esprit, en retrait de lui-même. Cela est très perturbant.

Elle est en bas dans le salon avec les enfants, ils se sont installés devant la télévision avant qu'ils ne montent se coucher. Le son de la télévision n'est pas très fort, elle entend un râle. Un râle de douleur, puis un autre. Elle s'est précipitée vers les escaliers, prise d'une sourde angoisse par ce son inhabituel et inquiétant. Cela tape contre le mur, elle pense tout de suite à des convulsions. Elle se souvient avoir crié : « Nicolas, Nicolas, ça va ? Qu'est-ce qui se passe ? » Aucune réponse, juste ces râles de souffrance et le bruit des convulsions. Elle tape contre la porte des toilettes où il s'est enfermé. Elle frappe fort, crie. Ses enfants derrière elle pleurent. Elle demande à son fils de vite aller chercher un tournevis pour ouvrir la porte. Il se précipite dans les escaliers, court jusqu'au garage. Elle veut ouvrir cette porte, et, en même temps, elle ne le veut pas, elle se sent si terrifiée.

Des cris, des pleurs, la main de sa fille en panique sur son bras, les larmes sur ses joues, une boule d'angoisse dans sa gorge, son fils lui tend le tournevis. Elle ouvre la porte en tremblant et découvre son mari par terre. Du liquide bleu du nettoyant toilettes a coulé sur le sol, sur son menton. Il saigne du nez. Son corps continue de convulser. Elle ne réfléchit pas, mais, en même temps, elle ne sait pas quoi faire. Elle le tire par les pieds, le ramène vers elle et lui caresse le visage, lui parle doucement. Ses convulsions s'arrêtent. Il ne réagit pas, il a pourtant les yeux ouverts. Vite un oreiller, le mettre sur le côté, ne pas trop le manipuler. Elle court chercher le téléphone et d'une main tremblante compose le 15. Son fils pleure, il s'est retiré un peu à l'écart dans le couloir. Il ne regarde pas son papa, il ne comprend pas ce qui se passe. Sa fille est effondrée sur le sol, les larmes coulent en silence sur ses joues, elle ne saisit pas la situation.

Une voix. La personne au téléphone veut des détails qu'elle n'a pas. On lui dit de se calmer, on lui demande s'il a des idées suicidaires, s'il est déprimé. Non, ce n'est pas ça, elle ne comprend pas ce qui est en train de se passer. Elle est maintenant en ligne avec un médecin qui lui intime l'ordre de se calmer également. Elle veut juste qu'ils se dépêchent de venir, elle se sent tellement démunie, elle a peur.

Elle finit par raccrocher et continue à parler à son mari, elle l'apaise. Où trouve-t-elle les mots ? Ils viennent simplement sur ses lèvres pour le rassurer, lui dire de ne pas bouger, qu'il a dû faire une mauvaise chute, que les secours arrivent. Après un temps qui lui paraît infini, il semble recouvrer quelques forces et veut se lever. Ses yeux sont vides, il regarde vers elle sans la voir. L'aider à se relever, faire attention à ce qu'il ne se blesse pas, lui tenir le bras, le soutenir pour l'amener vers la chambre toute proche, l'asseoir sur le lit, continuer à lui parler. Elle réalise tous ces gestes de façon automatique, elle n'a pas le temps de réfléchir, elle n'arrive pas à réfléchir. Les ambulanciers arrivent enfin. Ils montent à l'étage avec une sorte de chaise pliante et lui demande ce qui s'est passé. Elle doit de nouveau raconter, les râles, les convulsions, l'ouverture de la porte.

Est-ce que tout cela est bien réel ? Les pleurs des enfants, ses joues mouillées, son cœur qui bat si vite... oui, c'est la réalité. Les ambulanciers posent des questions à Nicolas, attendent patiemment qu'il réponde, mais les mots sortent dans le désordre, il est incohérent, il ne se souvient pas. Lorsqu'ils lui demandent quel jour nous sommes, il répond par son prénom, il paraît complètement sonné. Ils vont l'amener à l'hôpital pour lui faire passer des examens.

Ils lui conseillent de trouver quelqu'un pour garder ses enfants. Elle voudrait pourtant rester avec eux, les rassurer, les prendre dans ses bras, mais très vite elle doit appeler sa mère, préparer des affaires, regrouper les papiers administratifs dont son mari va avoir besoin pour son admission aux urgences. Elle enfile un pull, explique rapidement à sa fille et à son fils qu'ils vont soigner son papa, que leur mamie va arriver, mais qu'elle doit partir à l'hôpital. Au moment de quitter la maison, elle se sent déchirée, elle a la sensation d'abandonner ses enfants dans l'incompréhension de la situation qu'elle-même n'arrive pas à saisir. Sa mère arrive à ce moment précis et elle se sent un petit peu soulagée qu'ils ne restent pas seuls à la maison après ce qu'il vient d'arriver.

Dans la nuit, elle suit de loin les gyrophares de l'ambulance. S'arrêter aux feux, tourner à droite, puis à gauche, elle est en pilote automatique et se gare rapidement au plus près du service des urgences. Elle ne le sait pas encore, mais elle va y passer la nuit entière. Elle donne à l'accueil la carte vitale de son mari, puis arrive à l'apercevoir quelques secondes avant qu'il ne soit pris en charge. Il la questionne, lui demande ce qu'il fait là. Elle lui explique qu'il est tombé et qu'il saigne sur le nez. Il se touche le nez, ne se souvient de rien. Comme un enfant, elle le rassure, tout va bien se passer, elle est là avec lui, elle va l'attendre, ils vont le soigner.

S'asseoir sur une chaîne en plastique froide et inconfortable, attendre, regarder les aiguilles de l'horloge pousser les minutes puis les heures les unes après les autres. Elle ne peut rien faire d'autre. Elle bouge un peu sur sa chaise, se lève quelques secondes en regardant vers les portes des urgences comme si elle pouvait le voir à travers. Souvent, elle se dirige jusqu'au comptoir et demande à l'infirmier de garde s'il a des nouvelles. Il consulte son ordinateur et lui indique que son mari est pris en charge, qu'il va passer un scanner. Elle envoie des messages à sa mère restée à la maison pour prendre des nouvelles de ses enfants. Ils sont couchés, mais ne dorment pas. Sa fille lui adresse un SMS bien après minuit. Elle n'a pas de mots pour retirer l'angoisse, pour expliquer l'incompréhensible, l'impensable alors, elle répond simplement qu'elle attend, qu'il est pris en charge, qu'il faut qu'elle essaie de dormir.

Nicolas passe une batterie d'examens, elle le retrouve dans la nuit quelques minutes dans un box juste éclairé d'un faible néon, il a l'air épuisé. Il somnole. Assise sur un tabouret près du brancard, elle lui prend la main et la caresse doucement. Il ne semble pas conscient de sa présence. Pour le moment, personne ne lui a rien dit. Une infirmière arrive, on lui demande de quitter le box, que son mari va passer un scanner. Elle retrouve la salle d'attente avec son lot d'alcooliques, de fêtards amochés et quelques sans-abris qui dorment là. Les aiguilles de l'horloge ont poursuivi leur lent manège, il est maintenant plus de cinq heures et enfin un médecin l'appelle. Les résultats du scanner montrent un saignement dans la tête, cela peut-être une malformation cérébrale, a-t-il des antécédents ? Avait-il des maux de tête ? Avait-il déjà fait une crise d'épilepsie ? « Il est trop tôt pour se prononcer, on va le garder cette nuit en observation, vous pouvez rentrer chez vous, revenez demain » … Les phrases, les mots se bousculent, presque vides de sens. Elle ne sait pas quoi lui répondre.

Elle retourne à sa voiture, roule dans la nuit noire sans les gyrophares pour la guider. Tourner à gauche puis à droite, se garer, tourner la clé dans la serrure, enlever les chaussures et le manteau. Elle se sent si vide. Enfin, elle se couche dans son lit, sa mère qui a dormi sur place vient la voir, en pyjama, les cheveux ébouriffés. Elle lui demande des nouvelles qu'elle n'a pas. Elle raconte la longue attente, l'échange rapide avec le médecin. Sa mère lui conseille de dormir un peu, mais elle n'a pas sommeil, les questions s'agitent. Il est presque six heures, elle se couche, ferme les yeux et revit le film des évènements qui viennent de se produire. Le sommeil ne trouve aucune place dans ses pensées agitées, dans son angoisse.

Il est huit heures, elle se lève, prend une douche rapide et s'habille. Elle accomplit tous ces gestes de façon automatique. Ses enfants ont fini par s'endormir, elle ne veut pas les réveiller. Elle doit passer chez les parents de Nicolas pour les prévenir et ensuite retourner aux urgences. Que va-t-elle leur dire, leur expliquer ? Elle ne comprend pas, elle se sent perdue, si impuissante.

Son téléphone bipe de nouveau. Un message. Elle veut quitter ses souvenirs qui lui font mal, mais ses doigts font défiler la longue liste des SMS. Elle a fait supprimer la ligne de Nicolas quelques mois après son départ. Malgré cela, elle a conservé une partie de l'historique de leurs conversations et notamment ses derniers messages quand il était hospitalisé. Ils sont maintenant devant ses yeux, elle ne veut pas les relire, sinon c'est comme se replonger dans la maladie, la souffrance, l'angoisse, mais c'est plus fort qu'elle, son doigt clique sur l'écran. Les larmes inondent ses yeux, tombent sur ses genoux tandis qu'elle parcourt leurs derniers échanges.

Elle s'essuie les yeux, essaie de laisser de côté ses pensées. Elle n'a pas envie de parler, pas envie de sourire, pas envie tout simplement, elle voudrait juste monter se coucher, dormir pour ne plus penser. Mais elle se force à rester dans le monde des vivants, à continuer à vivre.

Après la crise d'épilepsie, Nicolas reste hospitalisé quelques jours, il ne se souvient pas bien de ce qui lui est arrivé. Il faut lui expliquer encore et encore, lui rappeler les faits, lui raconter. Et chaque jour, cette impression que les explications données la veille sont déjà oubliées. Son état ne s'améliore pas, il a très mal à la tête malgré les traitements antidouleur. Un œdème s'est formé à l'arrière du crâne et exerce une forte pression sur son cerveau, à tel point qu'il faut l'opérer pour le réduire. Elle ne peut pas imaginer sa souffrance, elle lit dans son regard fatigué qu'il se sent complètement perdu, qu'il n'arrive pas à saisir ce qu'il lui arrive. L'opération est décidée en urgence pour le 3 janvier. Elle ne consiste pas qu'à limiter les effets de la pression intracrânienne, les médecins prélèvent également des cellules dans son cerveau, là où ils distinguent une masse sur le scanner.

Nicolas sort des soins intensifs le 7 janvier.

Vingt et un jours après l'opération, ils sont reçus, Nicolas, ses parents et elle par le neurochirurgien qui l'a opéré. C'est un jeune médecin dont elle avait entendu parler en bien par son beau-frère, Mathieu. Il est visiblement brillant dans son domaine. Il parle de tumeur, mais ne dit pas si elle est bénigne ou non, ne voulant pas se prononcer avant les résultats de la biopsie. Elle revoit la scène. Nicolas est assis à sa droite, sa main moite d'angoisse dans la sienne, mais il ne semble pas s'en soucier. Le moment de l'annonce du diagnostic est très étrange. Elle le regarde acquiescer de la tête comme si on lui annonce quelque chose d'anodin, il répète « O.K. » à chaque phrase du médecin. Mais elle a la sensation qu'il ne comprend pas. De nouveau, elle ressent qu'il est là sans être là, qu'il n'est déjà plus lui. Ils sortent du rendez-vous avec de nombreuses questions qu'ils sont incapables de formuler. Pour analyser ce pré-diagnostic, il leur aurait fallu du recul, des explications, mais leur esprit est envahi d'incompréhension, de stupéfaction. Chacun se forge, avec le peu d'éléments à sa disposition, un semblant d'avis sur la situation. Nicolas paraît absent de sa propre vie, son père, Daniel, est complètement sonné par ce coup trop violent et n'arrive visiblement pas à faire le tri dans ses sentiments. Sa mère, Chantal, a déjà, à ce moment précis, un mauvais pressentiment. Et elle, elle veut juste que rien de tout cela n'existe, elle veut le protéger, le guérir.

Le neurochirurgien leur annonce un rendez-vous au centre de cancérologie de Rennes pour la fin janvier. Il le justifie en leur expliquant qu'une fois les résultats de la biopsie arrivés, les délais sont assez longs, il vaut mieux anticiper un entretien avec un cancérologue « si besoin ». À cette annonce, elle pense : « A-t-on besoin d'un cancer ? » Non, ils n'en veulent pas, tout s'effondre autour d'eux, aucune prise pour se raccrocher. Elle a la sensation que leur vie s'écroule, comme un château de sable englouti par une violente marée montante, comme un mur trop fragile ou trop ancien qui tombe en miettes. Le rendez-vous a lieu le 31 janvier. Les résultats de la biopsie sont tombés comme un couperet quelques jours avant cette date, Nicolas souffre d'une tumeur cérébrale agressive. L'oncologue leur annonce qu'il faut commencer la chimiothérapie rapidement, dès le 11 février.

Le château s'est effondré, le mur est complètement tombé. Complètement détruit, anéanti, il n'en reste rien.

Cancer, agressif, chimiothérapie, œdème, lésion tumorale, gliomatose… les mots tournent en danse macabre dans sa tête. Il doit y avoir une erreur, ce n'est pas possible, tout cela n'est pas réel, il s'agit d'un cauchemar, elle va se réveiller. Oui, c'est cela, il y a méprise, ce n'est pas leur vie. De retour à la maison, il faut expliquer à leurs enfants, répondre aux questions muettes dans leurs yeux mouillés. Comment dire à un enfant ce que l'on ne peut pas comprendre ni accepter ? Quels mots utiliser ? Les visages se sont fermés, tendus, les yeux se sont voilés, les regards se sont baissés et les larmes ont coulé. L'innommable était rentré chez eux. Comment l'en faire sortir ?

Quelques jours plus tard, elle l'accompagne à l'hôpital pour effectuer tous les examens préalables à la première chimiothérapie. Il ne peut plus conduire : en l'opérant le neurochirurgien a fatalement et irrémédiablement touché une zone de sa vision panoramique, il souffre d'une hémianopsie. Un terme barbare pour dire que son œil ne voit plus ce qui se trouve sur sa gauche. On lui explique qu'il doit alors tourner la tête pour compenser cette perte de vision.

Ascenseur métallique, deuxième étage, bâtiment A, salle d'attente violette, la porte beige s'ouvre, le bureau tout blanc de l'oncologue, rez-de-chaussée du bâtiment B, salle d'attente grise, prise de sang rouge, des couloirs beiges à traverser, sous-sol éclairé par des néons, comptoir vitré de la pharmacie. Elle lui tient le bras pendant tous ces trajets, elle l'espère rassurante à ses côtés. Ces couleurs, ces matières lui restent en mémoire, elle se concentre sur des détails pour ne pas voir l'essentiel, pour ne pas se laisser atteindre par ce foutu cancer, ne pas le laisser prendre de la place. Puis ils rentrent chez eux, les enfants ne savent pas s'ils peuvent poser des questions sur le traitement que leur papa va commencer, ils sont là, plantés devant eux, se dandinant de malaise. Elle les aide, en expliquant simplement comment leur papa doit prendre ses médicaments, tout se passera à la maison sous forme de gélules à prendre le soir avant le coucher. Alix demande dans un souffle s'il va perdre ses cheveux, elle lui répond que non et sa fille paraît vraiment soulagée. Elle pense que si on ne la voit pas, alors la maladie n'existe pas.

Cette première chimiothérapie à la maison se passe bien, Nicolas ne souffre d'aucun effet indésirable. Ils vont s'en sortir, il est certes très diminué par la crise d'épilepsie, l'opération ainsi que l'hospitalisation, mais il est en bonne santé. Un infirmier vient tous les jours vérifier son taux de plaquettes, Nicolas tient bon.

Ils revoient tous les deux l'oncologue environ un mois après le premier rendez-vous. Il est trop tôt pour dire si la maladie a progressé, leur indique le médecin. Elle se sent terrorisée, mais combattante. Elle tente de donner à son mari son énergie, sa force. Elle le soutient, l'aide quand il se sent fatigué, gère tout au quotidien pour lui faciliter la vie. Elle vit pour lui. À tout prix, elle veut le guérir, elle pense qu'elle y arrivera, il est son homme fort, sportif, avec du mental. À eux deux, ils vont gagner. L'infirmier surveille également son poids régulièrement et elle l'incite à aller marcher, à faire un peu d'exercice pour ne pas perdre davantage de masse musculaire. Il est suivi par un kinésithérapeute qui vient à domicile. L'hospitalisation a déjà considérablement grignoté quelques kilos et des muscles. Elle lui prépare de bons petits plats pour qu'il reprenne rapidement des forces.

La deuxième chimiothérapie est plus compliquée, Nicolas est beaucoup plus fatigué que pour la première phase. Il continue à voir le kinésithérapeute pour sa rééducation musculaire, mais depuis l'hospitalisation il a perdu presque 10 kg et ses déplacements sont plus lents, plus incertains. Elle note son poids, ses douleurs à la tête, sa prise de médicaments, son état de fatigue sur un petit carnet qu'elle montre chaque matin à l'infirmier. Envie de se sentir utile dans cette maladie qui, petit à petit, isole son mari de sa vie d'avant, de leur vie de couple, de sa vie de papa.

Les jours passent et la troisième chimiothérapie arrive trop vite, il faut encore reprendre le rythme imposé par la prise des médicaments à heure fixe. Il n'a toujours pas repassé de scanner, ils ne savent pas si les deux précédentes cures de chimiothérapie ont eu un impact sur la tumeur. Mais au plus profond d'elle, elle sait que son combat entamé contre cette horrible maladie va être très long. Il n'est nul besoin d'avoir des résultats de scanner pour savoir que la tumeur a lentement poursuivi son œuvre sur le cerveau de son mari. Au fur et à mesure, insidieusement, le cancer le grignote. Elle se confie à sa belle-mère qui a elle aussi remarqué la progression de la maladie. Nicolas a de plus en plus des pertes d'équilibre, il est irritable et n'arrive plus à lire ni à écrire sans que cela lui demande un gros effort qui le laisse ensuite extrêmement épuisé et exsangue. Son père et son oncle ont installé une rampe dans l'escalier qui mène à l'étage afin qu'il ne risque pas de glisser ou pire de tomber en montant ou descendant l'escalier. Mais malgré cela, son pas est tellement instable qu'elle angoisse terriblement qu'il chute. Il éprouve des difficultés pour manger, les aliments placés sur le côté gauche dans son assiste y restent, oubliés de son regard et fréquemment des restes de son repas tombent au sol ou sur la table. Elle ne peut pas être là tous les instants avec lui à le soutenir, à lui faire remarquer qu'il n'a pas tout mangé, à ramasser les aliments tombés à côté. Parfois, il se met en colère, cela agace beaucoup son mari de se rendre compte qu'il ne peut plus faire seul certains gestes du quotidien, qu'il a besoin d'elle, qu'il est si diminué.

Elle dort de plus en plus mal, avec la peur au ventre. Petit à petit, son mari perd des réflexes, oublie des choses. Lorsqu'il ouvre la porte de la maison, il laisse les clés à l'extérieur ou fait tomber ses affaires sans y prendre garde. Il lutte pourtant, elle s'en rend compte à chaque visite que la famille ou les amis lui rendent, il fait de gros efforts. Il parle du passé, raconte des anecdotes de son enfance, les parties de foot, les bêtises d'adolescents. En l'écoutant, elle a la sensation qu'il se raccroche à sa vie qui s'enfuit déjà, il existe dans sa vie passée, dans ses souvenirs. Que peut-il raconter de sa vie actuelle, de son combat qui le laisse sans force, épuisé, qui le diminue tant ? Lui qui parle peu en temps normal discute, rigole, il devient très prolixe. Comme s'il voulait rassurer ses amis qui d'ailleurs trouvaient qu'il était très courageux et plutôt en forme compte tenu de son état de santé. Mais une fois la porte refermée, il retombe sur son lit, épuisé par les efforts fournis pour donner le change.

Dans le courant du mois d'avril, son état s'est encore dégradé. Ils vont au rendez-vous avec l'oncologue avant de commencer la quatrième chimiothérapie. Elle a les résultats du dernier scanner passé quelques jours avant, mais Nicolas ne veut pas les voir. La tumeur a progressé et touché des zones jusque-là restées préservées. Elle a bien constaté cette progression et elle est anéantie d'entendre les mots dans la bouche du médecin, c'est rendre cette nouvelle percée de la tumeur réelle. La réaction de son mari la surprend, il écoute l'oncologue et répond, lorsqu'elle l'interroge, que c'est normal, qu'il faut attendre encore pour avoir davantage de recul. Elle regarde le médecin assis devant elle et lit dans ses yeux que Nicolas est dans le déni, peut-être pour se protéger ou peut-être n'a-t-il plus les capacités de bien appréhender les informations. Elle ne le saura jamais.

Elle sort de cette consultation avec des questions, des incompréhensions. Mais a-t-elle besoin de tout savoir, d'avoir davantage d'informations sur les nouvelles zones de son cerveau touchées ? Elle n'a jamais pu se contenter d'une explication qui ne lui suffisait pas, il faut toujours qu'elle sache, qu'elle comprenne bien. Elle rappelle donc le médecin le lendemain pour solliciter un rendez-vous en privé, elle a trop de questions en tête qu'elle n'a pas pu poser. Elle informe son mari qu'elle compte aller à cet entretien seule, il ne comprend pas vraiment pourquoi, il semble en colère contre elle, lui dit que le médecin ne va pas lui en dire plus que la veille, qu'il faut attendre.

Elle s'obstine pourtant et est reçue seule par l'oncologue le 6 mai. Cette date reste gravée comme les autres dans sa tête. L'oncologue lui montre le dernier scanner, celui qui date de quelques jours et elle voit. Elle voit toutes les taches sombres éclatées dans les différentes parties du cerveau de son mari. C'est insupportable, comme un violent coup de poignard dans le ventre qui lui coupe le souffle, une tempête qui la plaque au sol, violemment. Ce mur effondré qu'elle avait commencé à reconstruire, pierre par pierre, jour après jour, avec beaucoup de difficulté, est de nouveau à terre. Elle a mal, tellement mal, elle ne pourra pas le guérir, elle n'y arrivera pas, c'est impossible. Elle en prend pleinement conscience.

Elle doit se préparer à le perdre et elle ne le veut pas. NON, NON, NON… elle veut qu'il guérisse, qu'il reste avec elle, avec leurs enfants pour le reste de leur vie. NON, elle veut vieillir avec lui, voir les rides lentement s'épanouir autour de ses beaux yeux bleus et de sa bouche souriante de tous les moments heureux qu'ils vont vivre. NON, elle veut qu'ils partagent ensemble l'avenir de leurs deux enfants, les accompagner dans leur vie, les voir se marier, trouver un travail à la hauteur de leurs attentes, avoir des enfants à leur tour, devenir des grands-parents gâteux. NON, elle veut qu'ils partent en voyage tous les deux au bout du monde, qu'ils se promènent main dans la main pour admirer un coucher de soleil. NON, elle veut partager tous ces petits moments futiles de leur vie quotidienne, amoureux toujours. NON, elle veut l'avoir à ses côtés tous les matins de sa vie, se tourner vers lui et l'embrasser, lui dire « je t'aime ».

NON, elle ne veut pas le perdre.

NON, pas comme ça.

Non, pas maintenant.

NON, elle n'est pas prête, NON, laissez-le être à ses côtés, ils n'ont pas fini leur vie.

5 Des gyrophares dans la nuit

Comment annonce-t-on une mauvaise nouvelle ? Comment dire l'innommable ? En sortant du rendez-vous avec l'oncologue, elle sait qu'elle ne pourra pas garder tout ça en elle. Elle s'assoit dans sa voiture et se répète sans cesse : « Je fais quoi moi maintenant avec ça ? »

Les larmes coulent dans son cou sans qu'elles ne les essuient. Un flot de douleur, un torrent de colère, une vague d'injustice déferlent sur ses joues. Elle reste là, sans bouger. Après quelques longues minutes, elle appelle ses beaux-parents, il faut qu'ils sachent, elle doit leur dire, mais elle n'y arrivera pas devant eux, elle se sent lâche et dure de leur dire ça au téléphone, mais elle ne pourra pas quitter ce parking avec ce poids sur elle. Comment annoncer à des parents que leur fils va mourir ?

Puis elle rentre chez elle. Elle se sent épuisée, complètement vidée. Juste avant d'ouvrir la porte, elle respire un grand coup et ne sait pas comment elle trouve la force d'actionner la poignée et de se composer un visage impassible. Son mari lui demande si elle a pu avoir des réponses à ses questions. Elle lui répond que oui, qu'elle n'a pas eu plus d'information que lors de leur rendez-vous commun, mais qu'elle a davantage compris. Elle ne peut pas lui dire la vérité. Ce n'est pas à elle de lui dire, c'est au-dessus de ses forces. Il faut qu'il y croie encore.

Elle ne sait pas où elle puise le courage de continuer, de ne rien dire à son mari, de ne rien dire à ses enfants. Elle le soutient pendant sa quatrième chimiothérapie qui le fatigue énormément. Il n'arrive plus à aller chez le kinésithérapeute tout seul, il est trop faible pour marcher sans tomber, son pas incertain et son équilibre trop précaire l'empêchent de se déplacer seul à l'extérieur de la maison, elle l'accompagne donc, mais avoir un chaperon qui lui tient par le bras agace fortement son mari. Il ne supporte pas d'être diminué à ce point. Il n'y a pas que ses déplacements qui sont compliqués, ses difficultés d'élocution l'irritent et quand il s'en rend compte, il lui fait remarquer avec amertume qu'il n'arrive même plus à aligner trois mots sans bégayer ou se tromper de mots. Elle ne sait pas quoi lui répondre, elle le prend dans ses bras et lui dit que ce sont sans doute les effets du traitement qui le fatiguent beaucoup. Elle tâche de trouver une réponse aux questions qu'il pose, d'expliquer de façon claire et logique pour ne pas dire ce qu'il en est vraiment, d'avoir réponse à tout pour empêcher l'innommable. Il lui est impossible de lui répondre que la zone de son cerveau responsable de la parole est atteinte. Le sait-il ? Que sait-il de sa maladie ? Elle ne pourra jamais répondre à ces questions.

Elle ne se sent pas du tout à la hauteur de cette situation, c'est lui l'homme fort, pas elle. C'était lui qui décide, qui a plus de caractère. Où est passé Nicolas ? Qui est ce malade en face d'elle qui n'arrive pas à manger sans faire tomber de la nourriture à côté de son assiette et sur lui ? Qui est cet homme-enfant si faible ?

Elle lutte encore pourtant, elle ne sait pas où elle puise cette force de poursuivre un semblant de vie de famille. Elle tente d'organiser quelques sorties pour passer du temps ensemble en dehors de la maison. Elle a vu sur Internet que près de chez eux un parc de style oriental peut se visiter librement. Il fait beau et chaud, elle a préparé un pique-nique et ils partent en voiture. Ils s'installent pour déjeuner sur l'herbe à l'ombre d'un chêne. Nicolas est assis sur le plaid, à côté des enfants, mais son esprit semble ailleurs : de nouveau, elle ressent cette sensation qu'il est présent sans l'être. Il ne parle pas de tout le repas, reste un peu en retrait de lui, en retrait des enfants, d'elle, à croquer son sandwich. Elle se sent terriblement seule pendant cette sortie, assise sur l'herbe, elle pleure en silence, cachant ses larmes aux enfants partis jouer un peu plus loin.

Pourtant, elle s'obstine. Elle range le pique-nique et propose de faire quelques pas. Les carreaux de faïence du parc sont défraîchis, délavés par le soleil et même cassés par endroits. Le manque d'entretien sans doute a eu raison de la beauté de l'endroit. La balade est de courte durée, Nicolas est très fatigué. Elle a la sensation d'être à côté du fantôme de son mari. Il marche comme un robot, sans rien voir autour de lui, dardant un regard vide devant lui. Il semble être seul au monde, avançant sur le petit chemin pavé puis, au bout de l'allée, il s'arrête et attend. Elle le rejoint et propose de prendre quelques clichés. Sur une des photos prises ce jour-là, il se tient près d'elle, droit, avec sa casquette sur la tête, ses lunettes de soleil. Il porte son coupe-vent rouge alors qu'elle est en robe à bretelles. Il ne sourit pas, il est là sans l'être. Cette photo la rend mal à l'aise quand elle la regarde, ce n'est pas Nicolas à ses côtés.

Elle cherche des idées de sorties qui ne le fatiguent pas trop. Elle lui a suggéré d'aller au cinéma avec les enfants regarder la suite du film *Les petits mouchoirs* qu'il avait bien aimé. Raphaël a choisi un autre film. Avec sa fille et son mari, ils s'installent dans la salle obscure. Une fois le film terminé, Nicolas n'arrive pas à se lever du fauteuil. Elle tente de l'aider, mais se rend vite compte qu'un côté de son corps semble paralysé. Sa bouche est un peu tordue et son pied droit traîne derrière lui sans qu'il puisse le lever pour monter la petite marche. Il transpire abondamment. Il avait refusé de retirer son manteau pendant toute la séance, malgré sa demande insistante par rapport à la salle bien chauffée. Elle appelle un gardien, tente de garder son calme pour ne pas effrayer son mari et sa fille. Elle lui explique la situation. Les spectateurs pour la séance suivante attendent que son mari récupère un peu avant de rentrer dans la salle. Il boit de l'eau fraîche, se repose quelques instants assis puis le gardien le soutient pour sortir à l'extérieur. Elle a couru chercher la voiture pour se garer au plus près de la porte de sortie. Il y a beaucoup de monde devant les portes du cinéma, elle sent sur eux le regard curieux des gens. Une dame, tout près, chuchote à l'oreille de son mari tout en jetant des coups d'œil vers eux. Nicolas a encore des difficultés à se déplacer, il paraît si fragile, si frêle devant les hautes affiches de films, elle doit le soutenir sur son épaule. Ils marchent lentement et elle l'aide à s'installer dans la voiture. Elle ne sait pas si elle doit prévenir le médecin de son malaise, mais il lui assure qu'il va mieux. Dans son état d'angoisse permanent, elle ne sait pas toujours ce qui est mieux à faire. Elle prend la décision d'attendre de voir comment va se passer la soirée et la nuit. Il a visiblement très vite récupéré de son malaise.

Ils rentrent à la maison dans un silence pesant. Elle demande à Raphaël de raconter son film pour ne pas laisser s'installer une tension. Sa tentative pathétique ne fonctionne pas longtemps, son fils raconte rapidement l'histoire du film puis se tait. Chacun se renferme dans ses pensées. Elle jette des coups d'œil anxieux et discrets vers Nicolas. Il semble fatigué, mais effectivement il n'a plus les stigmates de la paralysie de tout à l'heure. Elle veut se rassurer en le voyant récupérer. Peut-être est-ce un effet secondaire du traitement de chimiothérapie ? Elle n'a pas lu la notice du médicament qu'il avale depuis plusieurs semaines. Elle s'y est toujours refusée rien qu'à voir l'épaisseur des feuillets pliés dans les boîtes. Et puis les regarder, c'est en quelque sorte les rendre possibles.

Une migraine commence à poindre. Comme à chaque fois dans ces cas-là, ses souvenirs affluent. Pour calmer un mal de tête, éviter une rechute de crise d'épilepsie, mieux dormir, détruire les cellules cancéreuses, contrer les effets secondaires de la chimiothérapie, Nicolas en a avalé des médicaments. Lui qui n'aimait pas particulièrement en consommer n'a pas eu le choix. Tous les jours, les cachets font partie d'un rituel, à prendre avant, pendant ou après le repas, avant le coucher ou au réveil. Elle suit scrupuleusement les protocoles et ordonnances. Elle ressort de la pharmacie avec deux grands sacs de cachets. Elle se souvient avoir fini par acheter un pilulier au bout de quelques jours, afin de ne pas se tromper dans la posologie et anticiper leur préparation. Elle note tout sur un petit cahier de suivi qui sert à l'infirmier lors de son passage quotidien. Au début, il venait pour les soins de la cicatrice sur le crâne de Nicolas, mais depuis les fils retirés, il passe pour vérifier les constantes, la tension. Ces visites quotidiennes la rassurent un peu. Elle peut lui dire s'il a mal dormi ou si des douleurs à la tête sont persistantes.

Ils voient l'oncologue une fois par mois, la semaine qui précède la chimiothérapie. Une fois la visite achevée, l'ordonnance en main, il leur faut ensuite passer par la pharmacie du centre de cancérologie. Et dès le lundi soir, se conformer au protocole. Dîner tôt, avaler un premier cachet, ne plus boire ni manger pendant une heure, se coucher, prendre les gélules bleues et blanches à un horaire précis. Elle lui tend les comprimés et répète chaque soir comme un mantra « crève saleté, dégage » pendant qu'ils les avalent. Mais sa pseudo incantation n'a pas fonctionné, elle n'a servi qu'à montrer à son mari qu'elle était là avec lui dans ce combat contre la maladie.

Elle se remémore tout cela, le cachet de Doliprane dans la main. Elle a attendu un peu, mais ce mal de tête ne passe pas, elle sort un verre, le remplit d'eau puis l'avale. Elle se demande si toute sa vie, à chaque prise de médicament, elle pensera à tout cela. Elle s'allonge quelques minutes sur le canapé dans le salon, ferme les yeux et attend que les molécules agissent. Si seulement on pouvait fermer les yeux et ne plus penser, comme si l'on baissait un rideau de fer en plongeant une pièce dans le noir. Toutes les idées se placeraient en veille en attendant d'émerger de nouveau. Un repos, une pause.

Le dernier soir de la quatrième cure de chimiothérapie, Nicolas est très agité en se couchant. Cela lui arrive d'être agressif, mais là elle trouve que son état est étrange. Il bouge sans cesse, se tourne de droite à gauche dans le lit, tire rageusement la couette, grogne. Ce sont surtout les grognements qui l'alertent. Elle tente de lui demander s'il a plus mal que d'habitude, mais il est très en colère, lui parle mal, lui demande de le laisser tranquille. Elle ne se déshabille pas pour se coucher à ses côtés, elle reste en jeans et pull, assise près de lui, ses sens en alerte.

Il semble somnoler, mais ne se calme pas. Cela dure plusieurs minutes qui semblent s'étirer interminablement. Elle ne sait pas quoi faire, quelle décision prendre. Faut-il appeler un médecin ? Pourquoi est-il comme ça ce soir ? Souffre-t-il ? Est-ce lié au traitement ? Les questions se bousculent dans sa tête, son cœur bat si fort qu'elle le sent vibrer partout, dans ses mains, dans son ventre, dans sa gorge. Elle se sent si impuissante à comprendre pourquoi il réagit de cette façon.

Et puis, il veut se mettre debout. Avec beaucoup de difficulté, elle le voit tenter de s'asseoir sur le bord du lit ; tout le côté gauche de son corps est comme paralysé, figé, comme au cinéma l'avant-veille. Il ne peut pas se relever seul, sa jambe gauche ne répond plus. Elle se précipite vers lui pour l'aider, mais il la repousse, énervé, disant qu'il y arrivera seul, qu'il n'est pas impotent. Bien sûr, elle insiste et le porte quasiment jusqu'aux toilettes en le tenant sous l'aisselle, sa jambe traînant derrière lui, comme un poids mort impossible à soulever. Une fois assis, elle lui laisse un peu d'intimité en poussant la porte, mais elle guette le moindre bruit, le moindre râle pour intervenir rapidement. Puis, le plus doucement qu'elle le peut tant il lutte pour ne pas se laisser faire, elle le ramène jusqu'au lit. Il semble épuisé par l'effort fourni.

Une fois recouchée, elle se sent complètement perdue. Il est étendu sur le côté, elle voit son dos qui s'agite, elle fait les cent pas dans la chambre. Elle n'arrive pas à décider ce qu'il faut faire, un gouffre abyssal s'ouvre soudain devant elle. Son souffle est court, son cerveau s'est vidé, elle est incapable d'agir, de savoir quoi faire, elle se sent si seule, si incapable, si démunie. Après quelques secondes qui lui paraissent très longues, trop longues, elle parvient à rassembler ses esprits et tente de joindre son beau-frère, mais il ne répond pas. Elle compose alors le numéro de ses beaux-parents, en vain. Plusieurs sonneries, mais aucune réponse. Elle doit prendre une décision, seule. Le 15, elle va appeler les secours.

Entre temps, sa fille qui ne dort pas encore est venue dans la chambre, inquiète de ses allers-retours et des bruits anormaux qu'elle entend. Elle lui explique, en chuchotant sur le ton le plus rassurant qu'elle est capable de prendre dans ces circonstances, que son papa n'est pas très en forme et qu'elle va téléphoner au médecin. Nicolas entend leur conversation et depuis le lit lui dit : « Non, ça va. » Mais elle ne l'écoute pas, elle demande à Alix de rester près de lui, maintenant qu'il semble s'être un peu calmé puis descend dans le salon pour téléphoner et pouvoir expliquer la situation. C'est la seconde fois qu'elle appelle le 15 en si peu de temps.

Elle remonte à l'étage et avant que l'ambulance n'arrive, elle s'approche de Nicolas pour lui indiquer qu'elle a contacté le médecin et que tout va bien se passer. Elle veut le rassurer, c'est uniquement pour vérifier, afin qu'il passe seulement une meilleure nuit. Il semble épuisé, si fragile, il n'a pas réagi. Sa fille est repartie dans sa chambre, le regard soucieux. Elle s'assoit à côté de lui, lui caresse le visage, l'embrasse sur le front avec des paroles qu'elle veut rassurantes. Elle tend le cou pour guetter à travers la fenêtre l'arrivée des secours, la lueur du gyrophare. Vite, qu'ils se dépêchent. Au fur et à mesure de l'attente, elle n'arrive plus à se contrôler, l'angoisse revient, une terreur sourde s'empare d'elle. Envahie de frissons, de tremblements incontrôlables, ses dents claquent, elle lutte pour stopper sa mâchoire, pour ne pas montrer son désarroi, sa peur, mais elle se sent si démunie, gelée, si impuissante.

L'ambulance et ses beaux-parents arrivent en même temps. Une fois sortis du théâtre avec leurs amis, ils ont consulté leur messagerie et constaté qu'elle avait essayé à maintes reprises de les joindre. En alerte, compte tenu de la maladie de leur fils, ils n'ont pas rappelé, mais sont venus immédiatement les rejoindre. Elle revit la même scène que fin décembre, expliquer aux urgentistes la situation, le malaise de Nicolas, répondre aux questions, raconter à ses parents inquiets ce qui s'était passé dans la soirée. Elle veut aussi rassurer sa fille en partant, son fils dort déjà d'un sommeil lourd. Il faut de nouveau suivre l'ambulance dans la nuit… S'arrêter aux feux, tourner à droite, puis à gauche et se garer rapidement au plus près du service des urgences. Mais cette fois-ci, elle n'est pas seule, son beau-père est là avec elle. Nicolas reviendra-t-il à la maison ?

Elle vient tous les jours à l'hôpital le voir et lui apporter des vêtements propres. Il est épuisé par sa dernière semaine de chimiothérapie et a du mal à récupérer, car il dort très mal. Les médecins ont expliqué que l'œdème dans son cerveau a beaucoup grossi, c'est pour cette raison que son mari a eu son malaise. Ils lui administrent des traitements antidouleur pour le soulager de ses maux de tête. Ses journées sont rythmées par les soins, les repas et les émissions de sport à la télévision. Elle se pose souvent la question de savoir ce qu'il ressent exactement. Il ne parle pas de sa maladie, ou alors très rarement, il répond simplement aux questions qu'elle lui pose. A-t-il mal ? Dort-il bien ?

C'est devenu un rituel, trouver une place dans le parking souvent surchargé, longer un long bâtiment moderne constitué uniquement de vitres. Les portes en verre s'ouvrent sur un hall avec deux ascenseurs et un accès pour l'escalier. Monter au deuxième étage, se laver les mains à l'entrée puis suivre le couloir blanc donnant sur plusieurs portes. Certaines sont numérotées et correspondent à des chambres et d'autres sont des locaux techniques ou le bureau des infirmières puis ensuite tourner à gauche et frapper à la deuxième porte à gauche.

Actionner la grosse poignée et entrer. Il est là, souvent dans son lit, il tourne la tête, il sourit.

Il reçoit de la visite quasiment tous les jours entre ses parents, son frère Mathieu et ses amis. Elle vient en général en soirée, après le travail. Il n'est pas rare que son dîner soit servi pendant qu'elle est encore avec lui. Il s'installe alors dans le fauteuil, près de la petite table, devant la fenêtre. Il lui est difficile de manger convenablement, sans en renverser sur lui ou sur le plateau, mais cela ne semble pas le gêner. Son hémianopsie s'est aggravée et il n'a plus conscience du manque de la vision panoramique de son œil gauche, il ne compense plus, le médecin parle maintenant d'hémi négligence. Elle ne lui dit pas, elle ramasse parfois quelques restes de nourriture ou lui approche discrètement sa fourchette ou son morceau de pain pour qu'il le voit.

Quelques jours après son admission dans ce service, il lui fait part de son souhait de rentrer à la maison. Ses soins habituels ayant été interrompus à cause de son hospitalisation, les jours de semaine, il voit un kinésithérapeute qui intervient au sein de l'hôpital. Il le fait marcher, monter quelques marches d'escalier pour, petit à petit, lui faire reprendre des forces. Nicolas a perdu beaucoup de poids au fil des dernières semaines, sa masse musculaire a encore fondu. Elle se souvient avec tristesse lui avoir apporté une tenue de rechange, mais s'est trompée de pantalon de jogging, elle a pris celui de leur fils, adolescent. Elle s'en est rendu compte au moment où elle l'a aidé à s'habiller et cela lui a fait très mal de voir son mari enfiler aisément un pantalon en taille 12-14 ans, lui qui pesait environ 80 kg auparavant. Elle a ravalé ses larmes et a fait comme si de rien n'était. Lui n'a, semble-t-il, rien remarqué.

Régulièrement, elle contacte le centre de cancérologie pour demander qu'il puisse intégrer leur unité d'hospitalisation, il pourra ainsi être suivi directement par son oncologue. Cette idée qu'il soit dans un service de cancérologie ne la quitte pas, elle pense alors qu'il pourra aller mieux, qu'ils sauront mieux s'occuper de lui dans un service spécialisé. Mais on lui répond invariablement qu'ils n'ont pas suffisamment de lits et qu'aucun n'est disponible, on lui confirme que le nom de son mari est bien inscrit sur la liste d'attente. Elle se pose beaucoup de questions, pourquoi l'œdème a-t-il grossi ? Va-t-il diminuer et ainsi calmer les douleurs ? Comment la maladie a-t-elle aussi vite évolué ?

Une scène lui revient en mémoire. Il doit s'agir d'un mercredi, car les enfants sont avec elle pour venir voir leur papa. Elle a eu du mal à trouver une place de stationnement disponible et, sur le chemin entre le parking et la porte de l'unité d'hospitalisation, ses enfants chantent. Elle s'arrête, leur demande d'arrêter de chanter, leur expliquant que ce n'est ni le lieu ni le moment, qu'ils ne vont pas à une fête, mais voir leur père hospitalisé. Elle s'est sentie si agacée, n'arrivant pas comprendre cette légèreté. Sa fille, incrédule, lui répond qu'ils ne vont pas pleurer, que ce n'est pas irrespectueux pour leur papa. Ils ne vont pas arriver dans sa chambre en pleurant, son papa va vite guérir et sortir de l'hôpital, et voir ses enfants heureux lui fait du bien. Elle s'est excusée, une part d'elle enviait leur capacité à ne pas se laisser abattre, à continuer à y croire aussi fortement, à ne pas se laisser envahir par la tristesse. Elle lutte pourtant, mais déjà l'idée de la mort est dans sa tête, inconsciemment, elle commence à s'y préparer, pensant sans doute moins souffrir ensuite.

Le dimanche suivant, ils y retournent tous les trois. Il vient de finir son déjeuner, il a des restes de nourriture sur son tee-shirt et son pantalon. Le sol est jonché de morceaux de carottes râpées et de miettes de pain. Il lui a demandé d'apporter son nécessaire de rasage. Elle envoie les enfants au distributeur chercher des chocolats pour leur papa, et aide son mari à se lever et à rejoindre la salle de bain attenante. Les derniers jours, elle ne l'a pas vu quitter son lit sauf pour rejoindre le fauteuil juste à côté. Quel choc en le voyant se déplacer comme un vieillard, à pas lents et incertains... Elle lui tient le bras, l'aide à se déshabiller, puis à se doucher. Il est incapable de rester debout plus de quelques secondes, il est tout pâle et au bord de l'évanouissement. Elle l'aide à s'asseoir sur la chaise d'appoint fixée contre la paroi. Son corps est tellement maigre, elle ne retrouve plus sous ses doigts les sensations éprouvées auparavant, sa peau douce, ses muscles, sa force. Elle ne veut pas qu'il voie dans ses yeux la tristesse, la peine, elle tâche de rendre ses gestes rapides afin de ne pas le fatiguer, elle évite de le regarder. Puis elle le rase, du mieux qu'elle peut. Lui n'est pas satisfait du résultat, mais il est si fatigué, elle veut faire vite pour qu'il se recouche et se repose. Ensuite, une fois séché et habillé, elle l'aide à s'installer sur son lit pour passer à la dernière étape, enfiler ses bas de contention.

Sa fille n'est pas contente qu'elle s'occupe de lui ainsi, elle se fâche et lui rétorque que son papa peut le faire seul, que ce n'est pas un enfant. Elle tente pourtant de lui expliquer que tous ces gestes de la vie quotidienne sont maintenant difficiles pour lui, qu'il ne voit pas bien à gauche, qu'il est moins adroit, mais sa fille reste les bras croisés, l'air en colère. Elle comprend bien entendu, elle entend la souffrance dans les mots d'Alix, dans son attitude. Son papa est fort, son papa est autonome, son papa est solide, son papa doit se battre, son papa va guérir.

Nicolas est content de pouvoir rentrer chez lui. Le 20 mai, il lui écrit dans un SMS : « Trop content de rentrer à la maison, beaucoup d'émotions, on va y arriver. Je t'aime. » Elle est sous le choc. Il lui est impossible de mettre des mots sur ce qu'elle ressent. À ce moment-là, elle se sent si perdue, terrorisée et honteuse de ressentir cela. Un retour chez eux l'effraye. Elle se souvient s'être mise à trembler, à pleurer. Elle l'aime si fort, mais de nouveau, elle ne se sent pas à la hauteur de la tâche. Dans quelles conditions organiser ce retour ? Comment va-t-elle pouvoir gérer la situation ? S'il chute la nuit en voulant se lever ? S'il fait un nouveau malaise, une crise d'épilepsie ? Trop de questions se bousculent. Elle ne répond pas à son message avec des mots, mais uniquement avec un émoticône cœur.

Elle contacte l'hôpital, trouvant ce retour prématuré compte tenu de l'état d'asthénie et d'autonomie de son mari. Elle se sent terriblement mal, se demande ce qu'ils vont penser d'elle. Vont-ils la juger mauvaise ? L'estimant sans cœur au point qu'elle ne veut pas que son mari rentre chez lui ? Et Nicolas ? Que va-t-il penser s'il comprend qu'elle ne se sent pas à la hauteur de son retour chez eux ? Elle tremble de nouveau, elle a si peur. Elle contacte une de ses amies qu'elle joint au téléphone en pleurs. Celle-ci lui conseille de contacter l'hôpital, de demander davantage de renseignements sur les conditions de son retour, qu'il ne faut pas qu'elle reste avec toutes ces interrogations qui se bousculent dans sa tête. Elle appelle donc ensuite le bureau des infirmières du service et un infirmier lui explique que cela pourrait être envisageable, à condition de mettre en place un système d'hospitalisation à domicile ; pour ce faire, elle doit notamment prendre contact avec le service concerné ainsi qu'avec le cabinet infirmier de leur commune. Le retour de son mari est prévu pour le mercredi 22 mai.

Le mardi 21 mai, elle lui envoie le matin, comme à son habitude, un message pour savoir s'il a bien dormi, pour prendre de ses nouvelles, mais il répond complètement à côté, ses SMS sont incohérents. Il lui écrit plusieurs fois : « Je ne sais pas. » Elle s'inquiète et l'appelle. Il lui dit qu'il est « à l'ouest » et, effectivement, elle le sent à sa voix au téléphone. De nouveau, l'angoisse sourde vient lui tordre le ventre, la boule se manifeste dans sa gorge, elle se sent mal. Rapidement dans l'après-midi, elle quitte son travail et part directement le voir, sans passer par la maison. Quand elle entre dans sa chambre, il est à demi assis dans son lit, il semble très fatigué et comme, paradoxalement, absent. Il lui parle peu, de longues minutes de silence s'étirent entre eux. La télévision est branchée sur une chaîne de sport. Pour capter son attention, elle l'interroge sur le programme et sur l'issue d'un match, mais c'est comme s'il répondait à quelqu'un d'autre. Ses yeux fixent l'écran et les réponses ne correspondent pas du tout aux questions posées. Il est presque dix-neuf heures, elle lui dit qu'elle va rentrer s'occuper des enfants, qu'elle revient le lendemain avec eux. Sans la regarder, il lui dit : « C'est grave ce que j'ai. » Elle s'approche alors de lui, le prend dans ses bras et l'embrasse. Elle lui répond dans un souffle que oui c'est grave, mais qu'ils vont se battre ardemment et qu'elle sera toujours là pour lui, qu'elle l'aime très fort. Que peut-elle

69

lui dire d'autre ? Pourquoi lui dit-il cela ? Pourquoi maintenant ?

En sortant de sa chambre, elle passe par le bureau des infirmières pour leur faire part de son inquiétude, elle explique avoir trouvé son mari absent et incohérent tout au long de la journée. Cela sera signalé pour la visite du médecin, le lendemain matin. En revenant sur ses pas, elle passe la tête par la porte de sa chambre, lui envoie un baiser de la main en lui répétant qu'elle l'aime fort et elle quitte le couloir blanc. Elle ne sait pas que c'est la dernière fois qu'elle le voit conscient, qu'il peut lui parler.

L'oncologue qui suit son mari lui a proposé de participer à un groupe de parole. Il s'agit d'expérimenter des ateliers d'écoute avec un petit groupe de proches de malades atteints de tumeur cérébrale. Ce dispositif existe déjà pour d'autres types de tumeurs au sein du centre et fonctionne très bien dans l'appui psychologique aux familles de malades. Un an après, elle ne se souvient plus des dates exactes, mais elle se rappelle y être allée trois fois – cela a dû débuter au début du mois de mars d'après ses souvenirs. Chaque séance est organisée au sein du centre de cancérologie et porte sur un thème particulier, défini par un groupe de médecins et d'infirmiers. La première session, animée par l'oncologue qui suit son mari, permet d'obtenir des informations plutôt d'ordre général sur cette pathologie, de mieux comprendre les différentes sortes de tumeur rencontrées, leurs symptômes et les traitements envisagés.

Autour de la table, une infirmière, le médecin et d'autres personnes dans la même situation qu'elle. Un homme, dont elle ne se souvient plus du prénom, peut-être Éric ou Pascal, est assis un peu en retrait, comme s'il ne voulait pas être là. Il est assez grand, blond et plutôt mince. Vêtu d'un pull marron qui a connu des jours meilleurs, il se tient le dos bien droit sur la chaise en plastique. Il est venu pour sa femme, malade depuis quelques semaines. Lorsque vient son tour de parler, il raconte que sa compagne a beaucoup changé, elle est devenue agressive, est souvent de mauvaise humeur et il ajoute qu'elle a, depuis plusieurs jours, des idées fixes sur des choses pourtant anodines. Par exemple raconte-t-il, elle veut à tout prix repeindre leur salle de bain, elle ne parle plus que de cela, mais une fois les travaux achevés, cela ne lui convient pas, elle change d'avis et, de nouveau, elle demande à ce qu'il recommence. Il semble déjà épuisé alors que le diagnostic est plutôt récent.

En l'écoutant relater son histoire, sa voisine, une dame blonde d'environ soixante ans, hoche la tête. Elle garde les larmes aux yeux pendant presque toute la séance et tient le bras de l'homme, sans doute son mari, assis près d'elle. Spontanément, elle prend la parole juste après pour évoquer leur situation. Leur fils, diagnostiqué depuis plusieurs mois, vit seul dans un autre département. Séparé d'une précédente union, il a rencontré une nouvelle compagne et ils ont souhaité s'installer ensemble, mais à l'annonce de sa maladie, cette femme l'a quitté, ne se sentant pas capable d'assumer une relation avec un homme malade. Son histoire a beaucoup ému les personnes autour de la table ce soir-là. Elle raconte leur tristesse en tant que parents, leurs craintes de le savoir seul pour affronter cette maladie. Elle se met à pleurer, n'arrive plus à parler. Son mari ne prend pas le relais, il la serre tendrement dans ses bras.

Au bout de quelques secondes de silence, une jeune femme brune prend la parole. Ses cheveux foncés et coupés très courts contrastent avec sa tenue de couleurs vives. Lorsqu'elle ouvre la bouche, son piercing brille sur sa langue. Elle est en colère, fatiguée et déçue. En colère contre cette tumeur qui lui vole son époux, qui le transforme en une personne qu'elle ne connaît pas, qu'elle ne connaît plus. Fatiguée de lutter depuis plusieurs mois maintenant contre la peur d'une récidive d'une crise d'épilepsie, de devoir tout gérer à la maison et déçue de n'avoir pas pu bénéficier de ce type d'atelier au début de la maladie. Son flot de paroles est rapide, elle ne respire presque pas, semblant pressée de tout dire d'une traite. Son piercing apparaît puis disparaît derrière ses lèvres minces sans maquillage. Une fois sa colère passée, comme si l'on referme une porte, elle croise les bras devant sa poitrine, se recule sur sa chaise et se tait.

Son tour arrive. Il est difficile de savoir quoi dire, quoi raconter. Elle se sent partagée après toutes ces interventions. Elle a le sentiment d'être presque chanceuse, car son mari n'a pas d'idées fixes de peinture, il n'est pas non plus seul pour lutter contre la maladie, mais l'intervention de la jeune femme brune l'a effrayée. Elle cherche les bons mots pour dire ses inquiétudes, pour évoquer sa situation ne sachant pas par quoi commencer. Elle raconte le diagnostic et le quotidien de la chimiothérapie à domicile. L'émotion lui serre la gorge, elle ne reconnaît pas sa propre voix qui est devenue soudain rauque. Elle ne veut pas pleurer devant ces personnes qui lui sont inconnues. Elle a la sensation que son visage est rouge, ses joues chaudes, mais elle ne se laisse pas submerger par l'émotion, elle retient tout. La séance est levée peu après. L'oncologue leur distribue à tous un support des documents projetés, réunis au sein d'un classeur souple violet. Chacun se redresse en silence, attrape son manteau sur son dossier de chaise et salue d'un petit geste les participants, avant de sortir dans le couloir pour retrouver son quotidien.

Il est tard, les couloirs du centre sont vides, elle rejoint sa voiture garée en bas sur le parking. Elle se sent seule, pleine d'inquiétudes, de questions. Pourtant il lui faut rentrer chez elle, accrocher un sourire sur ses lèvres jusqu'à ce que toute la famille soit couchée. Là, enfin, elle pourra ressasser ce qui s'est passé lors de cette séance et essayer de faire le tri dans les informations données, essayer de se rassurer. Elle n'a pas le choix, il lui faut avancer.

Quelques jours ont passé puis est venu le temps de la deuxième séance. Elle arrive en avance et attend dans le couloir que tous les autres participants soient là également. L'infirmière ouvre la porte en souriant à chaque participant. Si la première réunion a plutôt été une prise de connaissance et des généralités sur les tumeurs cérébrales, celle-ci porte plus précisément sur le thème des symptômes et leurs conséquences. Un tour de table rapide est proposé afin de s'assurer que tous comprennent bien l'objectif du jour. Les questions seront posées à la fin de la présentation.

Un diaporama détaillé sur les différents symptômes possiblement ressentis par les patients atteints de ce type de cancer est projeté et commenté par l'oncologue. Au fur et à mesure que le médecin détaille et explique les signes visibles de cette maladie, elle sent qu'elle ne sera pas à la hauteur. Elle se sent effrayée et complètement dépassée, il lui est impossible de se raisonner et d'appréhender ces paroles, qui se veulent pourtant rassurantes : un patient ne ressentira pas tous les symptômes évoqués, assure-t-elle. Nausées, troubles de la vue, changements de personnalité, peine à marcher, difficultés à avaler et à manger, confusion, crises d'épilepsie, engourdissement d'une partie du corps, ou encore coma… Sonnée par tous ces mots, elle peine à déglutir, ses mains sont toutes moites et glacées, elle commence même à trembler.

Les visages sont graves, chacun imagine les conséquences au regard de sa propre situation. Chacun transpose ces symptômes sur son proche malade. Elle réfléchit à toute vitesse, tout se bouscule dans sa tête. Et s'il perd la vue ? S'il n'arrive plus à manger seul ? S'il ne peut plus tenir un stylo ou même sa fourchette ? Comment fera-t-elle s'il ne peut plus se déplacer seul dans la maison ? Elle ressort de cette réunion comme engourdie, avec des angoisses et des craintes qu'elle n'a pas osé exprimer devant tous les autres.

L'objectif de ce groupe est que chacun puisse parler à d'autres personnes vivant la même situation. Il doit être un lieu de partage et d'écoute, un lieu où l'on puisse dire ce que l'on tait à la maison et briser l'isolement de cette épreuve.

L'oncologue a bien perçu son malaise la veille et lui a téléphoné le lendemain. Elle tente de la rassurer sur ces différents symptômes lui répétant que les malades ne les développent pas tous, que certains arrivent progressivement, que d'autres sont plus ou moins touchés selon la localisation de leur tumeur.

La troisième et dernière réunion à laquelle elle assiste se déroule dans un climat plus apaisé. Il s'agit de comprendre la façon dont les tumeurs agissent dans le cerveau. Les échanges qui suivent la présentation lui permettent de mieux appréhender les réactions de son mari qu'elle trouvait étranges. Elle se souvient d'avoir éprouvé de l'agacement contre lui. Une scène lui revient notamment en mémoire à cette évocation. Ils devaient se rendre à la gare SNCF pour prendre des billets de train. À l'époque, le hall tout entier de la gare était en travaux et il était plus difficile de se repérer pour trouver les bureaux du service commercial. Il marchait près d'elle, légèrement en retrait. Il se déplaçait très lentement, trop lentement pour elle qui se dépêchait pour faire en sorte de rentrer plus vite afin de ne pas trop le fatiguer. Il semblait perdu, ne reconnaissait rien des lieux pourtant familiers, et il ne l'écoutait pas lorsqu'elle lui disait de tourner à droite ou à gauche. Un train était arrivé en gare quelques minutes auparavant et un flot important de voyageurs a traversé une passerelle. Tous marchaient vite, certains encombrés de lourdes valises ou de gros sacs à dos, elle l'a perdu de vue. Elle l'a cherché du regard, fouillant les dos, les visages inconnus. Elle se sentait énervée qu'il ne l'ait pas suivie de près. L'ayant repéré, elle a tenté de l'appeler, mais il ne l'a pas entendue, il continuait à marcher devant lui, sans rien regarder autour, sans même chercher à la retrouver, inconscient d'être seul parmi la foule des voyageurs. Elle l'a suivi des yeux pendant quelques secondes puis a accéléré le pas pour le rattraper. D'un geste un peu abrupt, elle lui a attrapé le bras pour qu'il s'arrête et lui a demandé où il allait comme cela, mais il n'a rien répondu, il lui a juste rétorqué qu'il se sentait fatigué. Elle s'est soudain sentie méchante, injuste. Elle avait juste envie de pleurer, que tout cela s'arrête, qu'il ne soit plus malade, qu'il soit son Nicolas comme avant. Envie de crier, de tout casser autour d'elle, de stopper le temps, de revenir en arrière. Les larmes lui piquaient les yeux, sa gorge était serrée et douloureuse. Elle ne prend réellement conscience de sa réaction excessive qu'à l'issue de ce troisième atelier, elle comprend pourquoi il déambulait ainsi, sans prendre conscience des autres autour de lui et son manque de réaction par rapport à l'absence de sa femme.

Il n'y aura pas d'autres temps d'échanges avec ce groupe de parole pour elle. La maladie ne laisse aucune chance, aucun répit à son mari et elle n'a pas souhaité revenir après sa disparition, malgré la demande de l'oncologue. Elle est incapable de parler, d'expliquer qu'il n'avait pas perdu l'espoir, mais que le cancer a été le plus fort. Ce groupe, destiné à partager ensemble des épreuves, à se soutenir pendant les chimiothérapies, n'a alors plus de sens pour elle.

6 Il part

Elle n'a rien oublié. Nous sommes mercredi 22 mai 2019, il est 9 heures 01. Elle appuie sur la touche de son téléphone pour envoyer son message, puis elle file sous la douche et s'habille. Au bout d'une demi-heure, elle s'étonne de ne pas avoir eu de réponse, elle vérifie son portable, non rien. Elle se dit qu'il doit être occupé par des soins, de la rééducation ou qu'il s'est rendormi. Inquiète, elle poursuit néanmoins ses tâches du quotidien en évitant de se laisser gagner par l'angoisse.

Mais c'est peine perdue, les questions fusent, elle ne trouve absolument pas normal qu'il ne réponde pas à son message. À ce moment-là, une sonnerie retentit, elle décroche, c'est l'hôpital. Un médecin de garde l'informe que Nicolas n'est pas bien depuis le matin. Il lui explique qu'il a voulu se lever seul et qu'il est tombé par terre. Elle veut accourir, mais il lui dit qu'il vaudrait mieux qu'elle ne vienne qu'en tout début d'après-midi, car, pour le moment, les médecins s'occupent de lui et il a très mal à la tête. Elle avait prévu, comme chaque mercredi après-midi, d'y aller avec les enfants. On lui précise que, vu son état de fatigue, il est préférable qu'elle soit seule. Cette chute la préoccupe, l'angoisse terriblement et allume une alarme dans sa tête. Son cœur s'emballe. À peine le déjeuner terminé avec les enfants, elle part, elle n'a rien pu avaler.

Fébrile, elle longe rapidement le couloir blanc, tourne à gauche pour rejoindre sa chambre. Un chariot de soin en barre l'entrée. À son arrivée devant la porte, une femme sort et lui demande de l'accompagner. Elle ne porte pas de blouse blanche, elle est habillée d'un pantalon foncé et d'un chemisier blanc. Elle n'a pas le temps d'ouvrir la bouche, on lui prend le bras et l'amène dans une petite pièce presque en face de la chambre de son mari, appelée « le salon des familles ». Elle est livide, son cœur cogne dans sa poitrine, elle veut savoir ce qu'il se passe. Elle tremble, ses dents claquent, ses larmes se mettent à couler au fur et à mesure que les mots sortent de la bouche de l'infirmière en face d'elle. Elle entend, mais ne comprend pas ; elle ne veut pas comprendre, en fait, elle ne veut pas entendre ce qu'elle lui dit. Une femme médecin, suivie d'un interne, entrent à leur tour dans la salle de repos et s'assoient. Ils ont le visage grave de ceux qui annoncent des mauvaises nouvelles. Elle ne peut pas supporter de les regarder dans les yeux. Ils lui expliquent la chute, la lente plongée dans le coma, l'incertitude. Non, c'est impossible, il va se réveiller, l'œdème qui lui fait si mal va se dégonfler, il va aller mieux.

Ils ne maîtrisent pas l'issue de son état actuel, il sombre petit à petit dans ce coma qui sera son dernier repos. Ils lui conseillent de contacter sa famille, car son état peut se dégrader rapidement – ou non, ils ne savent pas. Elle n'arrive pas à réfléchir, elle est prostrée, anéantie, elle a si peur. Elle doit appeler les parents de Nicolas, les avertir qu'il est au plus mal, qu'ils doivent venir au plus vite, et surtout elle doit téléphoner à ses enfants. Comment annoncer à leurs deux enfants de la rejoindre pour dire au revoir à leur papa ? Elle cherche les numéros dans son répertoire d'un doigt tremblant, elle pleure si fort que les mots semblent vouloir rester coincés dans sa gorge, sa voix est rauque, et, pourtant, elle doit les prononcer. Mais comment ? Elle a bien entendu pourtant les explications des médecins, elle croit même avoir acquiescé de la tête comme un automate, mais impossible de parler. Sa mère est chez elle avec ses enfants. Elle ne sait même pas ce qu'elle dit au téléphone, mais elle entend des pleurs. Sa fille refuse de venir, c'est impossible, elle ne peut pas. Les sanglots étouffent ses mots, néanmoins, elle trouve la force d'insister, de lui dire l'importance de ce moment, d'insister – peut-être sera-t-il le dernier, mais il lui est impossible d'exprimer cette pensée. Elle se sent si mal, tout est en lambeaux en elle, elle flotte à côté de son corps, en marge de son esprit, elle est terrifiée.

Elle compose un à un les numéros de ses beaux-parents, de sa mère, de son beau-frère, de son meilleur ami. Elle n'est plus elle, elle a si mal.

Un interne entre dans le salon et lui dit d'une voix douce qu'elle peut maintenant aller dans la chambre de son mari. Les médecins lui ont administré des calmants pour qu'il ne souffre pas. Une infirmière arrive et lui prend le bras, elle la soutient, sinon elle ne trouverait pas la force nécessaire de marcher jusqu'à la chambre et de pousser la porte. Ses larmes n'en finissent pas de couler, elle se sent terrorisée.

Son mari est là, couché dans son lit, soutenu sur les côtés par des gros coussins pour qu'il ne tombe pas une nouvelle fois. Il n'est vêtu que d'une blouse d'hôpital qui lui découvre les jambes au gré de ses sursauts. Pourquoi bouge-t-il autant ? Souffre-t-il ? Il émet des râles, comme des grognements. Le regarder est très difficile, elle voudrait s'approcher davantage, lui parler, le caresser, mais elle n'y arrive pas, elle a si peur. Elle a honte de cette terreur qui la paralyse. L'infirmière lui explique doucement qu'il n'a pas mal, que les cales sur le bord de son lit le maintiennent bien et qu'il s'agit de soubresauts réflexes. Malgré ces explications, ses dents claquent, son cou est inondé des larmes déjà versées et le flot semble intarissable.

Il lui faut plusieurs minutes pour se rapprocher et se placer tout près de son lit puis pour poser ses yeux sur lui. Enfin, elle tend la main et la pose sur sa joue, sur son front. C'est bien lui, elle doit lui parler, le rassurer, être là pour lui. Peut-être a-t-il peur aussi ? Elle se penche un peu et lui murmure des mots tendres à l'oreille, elle lui dit qu'elle est là maintenant, qu'elle l'aime, que les enfants, ses parents et son frère vont arriver. Plusieurs fois, des soignants entrent dans la chambre et viennent vérifier ses constantes. Nicolas ne réagit pas aux stimuli, il ne répond pas aux questions posées par le médecin qui l'interpelle pour voir sa réaction. L'interne parle d'une voix forte, il lui dit : « Monsieur, vous m'entendez ? » ou encore « Vous savez où vous êtes ? ». Elle fouille, elle scrute à la recherche de la moindre réaction qui montrerait qu'il entend, qu'il va revenir du coma, mais il s'enfonce encore plus. Ses sursauts réflexes deviennent plus rares, ralentissent, il semble se calmer, s'apaiser.

Elle ne sait pas combien de temps elle est restée là près de lui, sa main sur son bras, sur son visage. Le temps n'existe plus. La porte de la chambre s'ouvre sur ses parents en pleurs. « Nicolas, Nicolas ! » : ils se penchent vers lui, lui parlent, l'appellent, mais leurs cris restent sans réponse, sans aucune réaction. Ils se prennent dans les bras, impuissants contre cette situation qui leur échappe. Son frère, sa belle-sœur, accompagnés de leur petit garçon, de ses enfants et sa mère à elle entrent à leur tour dans la chambre. Effondrés, ils viennent tous l'embrasser. Alix et Raphaël n'osent pas approcher, ils ne regardent même pas leur papa. Elle prend doucement la main d'Alix, puis celle de Raphaël et leur explique qu'ils peuvent lui parler, qu'il peut peut-être les entendre. Elle puise la force en elle pour guider ses enfants vers leur père pour qu'il sache qu'ils sont là, près de lui. Après quelques secondes, Alix et Raphaël reculent, ils vont s'asseoir sur une chaise en retrait, en larmes, la tête baissée. Les minutes s'égrènent, douloureuses, angoissantes. On n'entend dans cette chambre que le bruit des pleurs, on ne sent que le poids douloureux de la tristesse à l'idée de le perdre. Cette souffrance est presque palpable.

L'état de Nicolas stagne, cela fait plusieurs heures qu'elle est là, dans cette chambre. Voyant ses enfants anéantis et prostrés, elle propose de les ramener à la maison pour qu'ils se reposent, ils reviendront plus tard dans la soirée. Elle embrasse la famille puis se dirige vers son mari. Délicatement, sa main se pose sur son visage, le caresse tendrement. Elle se penche vers lui : « Je vais ramener les enfants chez nous, mais on va revenir tout à l'heure. J'espère que tu n'as plus mal mon bébé. Je t'aime très fort, tu sais, tu es fort et très courageux, on va le gagner ce combat. Mais maintenant, tu peux te reposer, lâcher prise. Oui, dors, je t'aime mon amour. »

Elle se rapproche de lui encore, essuie la larme qui coule de son œil gauche. C'est la deuxième fois qu'elle le voit pleurer. La première fois, c'était à la suite de la visite du neurochirurgien, le lendemain de son opération. Ses yeux sont fermés, sa tête légèrement penchée sur le côté, ses paupières tremblent, mais il ne réagit pas. Pourtant, il l'a entendue, elle en est sûre. La larme qui a coulé de son œil en est la preuve tangible, il est peut-être loin, mais il l'a entendue. Il sait qu'elle l'aime fort.

Accompagnée de sa mère, elle rentre chez elle avec Alix et Raphaël. Nicolas n'est pas seul, ses parents, son frère, Mathieu et sa belle-sœur, Alizée restent avec lui. Lorsqu'elle arrive à la maison, deux de ses amies l'attendent, elle avait oublié d'annuler une sortie prévue depuis la semaine précédente. Elle est anéantie. Ses amies restent avec elle pour la réconforter, mais à peine quinze minutes plus tard, elle reçoit un appel du médecin. Elle doit vite revenir, l'état de Nicolas se dégrade. Une de ses amies propose de les déposer à l'hôpital trouvant dangereux qu'elle conduise dans son état d'angoisse. La route lui paraît interminable, les voitures devant eux semblent rouler au ralenti, elle voudrait crier de se bouger, de les laisser passer. Enfin, ils arrivent à l'hôpital, ils courent le long du bâtiment moderne entièrement vitré pour rejoindre son unité.

Ils courent également dans le long couloir blanc et juste avant de tourner à gauche pour rejoindre sa chambre, ils sont arrêtés par le docteur. Elle entend des mots, « votre mari vient de partir ». Elle hurle : « Non, ce n'est pas possible ! » Elle arrive dans la chambre, complètement effondrée, en criant : « Non, non, je n'étais pas là pour lui… »

Impossible de décrire ce qu'elle ressent à cet instant. Elle n'existe plus, elle n'est que souffrance. Il est toujours là, à demi-assis sur son lit, mais sa blouse est remontée sur ses jambes nues, le drap ne recouvre plus que la bosse faite par la couche qu'ils lui ont mise. Son visage est tourné sur le côté gauche, là où la larme a coulé quelques minutes auparavant, il a l'air presque serein, ses traits sont détendus comme s'il dormait, sans souffrance. Cette image la hantera pendant des jours. Elle se précipite vers lui pour l'embrasser une dernière fois, son beau-père est juste derrière elle, il lui caresse le dos. Ils sont tous en pleurs, anéantis. Elle prend conscience de ses enfants près d'elle, elle les prend dans ses bras. Elle est détruite. Son beau-frère remonte le drap sur les jambes de son frère comme s'il ne voulait pas qu'il attrape froid et il l'embrasse sur la joue et sur le front.

Ils restent ainsi, prostrés de longues minutes. Elle ne veut pas quitter cette chambre, elle reste là, serre fort ses enfants contre elle, le cœur si lourd de chagrin, baignée de larmes à regarder son Nicolas, son bébé comme elle avait l'habitude de le surnommer. Le flot de ses pleurs ne s'arrête pas, il lui semble qu'il ne s'arrêtera plus, elle a si mal. Cette souffrance est si forte, indescriptible.

7 Le cœur et le corps en miettes

Il n'est plus là.

Il est parti.

Elle le sait, mais elle n'y croit pas, elle ne veut pas y croire. Non, c'est impossible, il ne peut pas partir comme ça, elle n'était pas là avec lui. Elle voudrait lui dire tant de choses encore, elle voudrait entendre sa voix, écouter son rire, qu'il la serre fort contre lui, qu'ils se disent des mots tendres. Il n'est plus là et, pourtant, elle pense malgré tout qu'il l'a gagné, ce combat inégal. Il s'est battu jusqu'au bout. Il pensait sortir de l'hôpital ce mercredi 22 mai 2019, c'est l'idée qui devait lui trotter dans la tête au réveil ce matin-là. Avant de tomber, a-t-il voulu se lever pour prouver qu'il pouvait faire des choses seul ? Elle veut croire à cela. Même si elle savait que son état de santé était difficilement compatible avec une sortie de l'hôpital, lui y a cru. Cette idée devait le motiver lorsque le kinésithérapeute l'aidait en semaine à monter quelques marches pour reprendre des forces et faire travailler ses muscles.

Il n'est plus là.

Il est parti.

Elle écoute l'infirmière référente leur expliquer les informations sur le choix de la chambre funéraire, mais les mots flottent autour d'elle. Ce qui la préoccupe, c'est qu'il attrape froid, elle ne veut pas le laisser seul dans cette chambre blanche, elle ne veut pas partir, sans lui.

Il n'est plus là.

Il est parti.

On lui tend un sac en plastique avec ses affaires de toilette et les vêtements qui étaient rangés dans la petite armoire. Quitter cette chambre avec uniquement des objets ? Est-ce cela qu'elle doit faire ? Non, cela lui est impossible, cela ne peut pas s'arrêter avec un sac plastique pendu au bout de sa main tremblante. C'est la dernière fois qu'elle traverse ce couloir et ses pieds sont bloqués, ses jambes refusent de bouger.

Il n'est plus là.

Il est parti.

Ils repartent de l'hôpital, complètement sonnés, sous le choc de ce qu'ils n'arrivent pas à réaliser. Elle ne peut pas, ne veut pas rentrer chez elle. Elle s'en sent incapable. Ils se répartissent dans les voitures et son beau-père dépose sa mère chez elle. Sa mère la prend dans ses bras, mais elle ne sent plus rien, elle se sent comme une coquille vide.

Puis, avec les enfants, ils s'arrêtent à la maison pour prendre des affaires. Ils dormiront chez ses beaux-parents. Tourner la clé dans la serrure, ouvrir la porte d'entrée. Tout d'un coup, tous ces gestes, auparavant sans importance, prennent un poids considérable. Elle flotte comme dans du coton, elle regarde ce décor pourtant si familier d'un œil étranger, lointain. Elle puise l'énergie pour préparer du change et les affaires de toilette. Pénétrer dans sa chambre, dans leur chambre, la bouleverse complètement. Les sanglots l'envahissent, elle a l'impression qu'elle n'y arrivera pas, qu'elle va être incapable de choisir un jeans, un pull. Tout cela lui paraît si irréel. Elle s'effondre sur le lit, sur leur lit. Elle ne veut plus bouger, elle ne peut plus bouger.

Sensation sur son bras, sa fille vient la chercher pour la ramener dans la réalité. Derrière elle, son beau-père lui dit de prendre ses affaires, elle se laisse guider par sa voix. Cette première soirée chez ses beaux-parents sans lui est étrange, ils sont inconsolables, tous ensemble, et pourtant chacun ploie sous le poids de son propre chagrin, de l'incompréhension, de la souffrance de l'avoir perdu.

Elle ne se souvient pas précisément de cette première soirée sans lui, elle ne garde pas non plus en mémoire des souvenirs précis des jours et des semaines qui ont suivi, elle n'a gardé que les pleurs et la souffrance, le corps et le cœur en miettes. Elle ne trouvait le sommeil que très tard, presque au petit matin, une fois qu'elle était si épuisée qu'elle ne pouvait plus lutter contre ses fantômes. Les images de son visage sur son lit tournaient sans cesse, ne lui laissant aucun répit. Elle avait mal à la tête d'avoir tant pleuré, elle avait mal au plus profond d'elle, dans son cœur.

Il n'est plus là.

Il est parti.

Et si tout cela n'était pas arrivé, si cela n'était pas la réalité. Elle allait se réveiller et comprendrait dès lors qu'il s'agissait d'un cauchemar ; oui, un horrible rêve qu'elle s'empresserait d'oublier, mais le premier réveil, sans lui, dans leur lit est venu : un rai de lumière filtrait par les volets clos, elle a tendu le bras au travers du lit pour toucher Nicolas, mais n'a rencontré que du vide. De nouveau, elle plonge dans le gouffre douloureux, elle ne peut plus, elle n'a plus la force de se lever. Pas sans lui à ses côtés, elle ne sait pas comment faire sans lui. Elle a si peur, elle a si mal.

Il n'est plus là.

Il est parti.

8 Une coquille vide

À l'approche de la date anniversaire de sa disparition, elle se souvient des obsèques de Nicolas.

Il leur faut choisir un funérarium. L'hôpital se charge de les contacter pour organiser le transfert de Nicolas dès le lendemain matin. Elle est incapable de décider quoi que ce soit. À ce moment-là, elle pense qu'il va finalement la quitter, cette chambre, mais pas comme il le souhaitait. Les mots demeurent bloqués dans sa gorge, ils sortent comme un gargouillis inaudible, elle se sent incapable de décider s'il doit aller à Montfort ou ailleurs. Finalement, elle murmure dans un souffle qu'ils préfèrent la chambre funéraire du CHU à Rennes. L'infirmière leur précise qu'ils pourront uniquement venir le voir à partir du vendredi.

Le voir ? Elle a un mouvement de recul, elle ne veut pas le voir là-bas, l'image de son visage sur son lit d'hôpital reste ancrée en elle. Elle se sent incapable d'en superposer une autre.

Elle accepte pourtant de s'y rendre avec ses beaux-parents et son beau-frère. On les fait patienter dans une salle d'attente glaciale, avec des fleurs artificielles sur une table basse et des fauteuils inconfortables. L'attente paraît durer une éternité, chacun est plongé dans sa peine, ne sachant que se dire. Les quelques mots échangés sont chuchotés. Puis un homme en blouse blanche vient les chercher, leur demande de le suivre le long d'un couloir desservant plusieurs portes fermées. Il ouvre la porte, elle entre la tête basse, n'osant pas lever ses yeux. Elle a peur, elle tremble.

Elle se souvient encore précisément de ce qu'elle a ressenti. Elle se tient près de son beau-frère, comme en retrait de son propre corps, elle évite presque de respirer. Elle s'approche doucement, à pas lents, du lit sur lequel repose son mari et le regarde enfin. Elle pousse un petit cri d'effroi, recule vivement. Non, ce n'est pas lui, ce n'est pas son Nicolas, son bébé. Ils l'ont tellement maquillé qu'il semble avoir un visage de cire, recouvert de poudre. Son beau-père a la même réaction. Pourtant, il porte bien la chemise qu'elle a choisie pour lui, celle avec les petites fleurs bordeaux. L'homme en blouse blanche qui est resté dans la pièce comprend et leur demande d'une voix douce de sortir, de rejoindre de nouveau la salle d'attente, il va les rappeler dans un instant. On ne le reconnaît pas, le thanatopracteur a visiblement ajouté beaucoup trop de maquillage sur son visage. Elle sent le bras de son beau-père sur son épaule. Les larmes coulent en silence. Elle a les mains et le cœur glacés. Puis, quelques minutes plus tard, ils suivent de nouveau le même trajet.

C'est insupportable, le contempler ainsi, recouvert d'une sorte de couverture marron sur tout le bas de son corps, comme si ne subsistaient de lui que son buste et son visage, est trop violent pour elle. Son cou et sa tête sont gonflés sous l'effet des médicaments. Ce n'est pas ce qu'elle veut garder de son Nicolas, elle ne peut pas rester. Au bout de quelques secondes à peine, elle cache son visage dans ses mains, elle se sent si mal, elle sort de la chambre, seule.

Elle n'est plus jamais retournée le voir à la chambre funéraire. Ses enfants n'y sont pas allés non plus. Elle leur a laissé le choix. Est-ce le fait d'avoir vu leur mère si choquée ? Elle ne leur a pas posé la question.

Avec la famille de son mari, ils se sont bien entendus pour organiser les obsèques. Chacun respecte les choix des autres. Il bénéficiera d'une cérémonie religieuse, même si elle n'est pas croyante. Elle ne sait pas ce qu'il aurait voulu, ils n'en ont jamais parlé ensemble. À 40 ans, on ne parle pas de ces choses-là, on ne pense pas à la mort. Elle n'hésite pas une seconde sur le choix de la commune pour l'église et le cimetière, Nicolas reposera dans sa commune de cœur. Ils voulaient déménager et s'y installer avant qu'il ne tombe malade, elle respectera sa volonté jusqu'au bout.

Pour son dernier voyage, ils se sont donné rendez-vous au crématorium, ses beaux-parents s'y rendent quotidiennement. L'image du bâtiment reste gravée en elle, un cube gris, sinistre et bas, presque enterré dans le sol. La double porte d'entrée aux vitres fumées n'invite pas à passer le seuil. Une dernière fois, sa famille est venue le voir, le toucher et l'embrasser. Elle attend à l'extérieur, avec ses enfants, anéantis. Puis ils suivent le corbillard. Ses larmes coulent sans discontinuer, sans qu'elle ne fasse rien pour les retenir. Puis, au fur et à mesure que la route leur paraît familière, elle a l'impression que les larmes vont l'engloutir. Elle voit dans le rétroviseur les visages fermés d'Alix et de Raphaël. Leurs yeux sont secs, mais elle sait que les larmes coulent à l'intérieur de leur cœur. Des places de parking leur sont réservées. Elle est un fantôme d'elle-même, un automate qui ne parvient pas à réfléchir. Un pas, puis un autre, ses jambes la portent vers l'église. Elle sent sur elle les regards attristés, les mains compatissantes et bienveillantes qui lui caressent le bras ou le dos jusqu'aux marches de l'église. Les personnes des pompes funèbres ont avancé le cercueil, puis les amis de Nicolas à qui elle a demandé de porter leur copain s'avancent et l'accompagnent jusque dans l'église. Un ultime voyage réalisé ensemble. Certains tentent de ravaler leurs larmes, d'autres sont complètement effondrés et ne parviennent pas à retenir leur chagrin.

Dans un silence pesant, elle prend la main de ses enfants. Ils sont assis au premier rang. La cérémonie commence. Le cercueil de Nicolas est posé devant eux, elle n'arrive pas à le regarder. Elle se sent complètement dévastée.

De nombreuses personnes sont encore à l'extérieur, il n'y a plus aucune place à l'intérieur de la petite église. Elle traverse cette cérémonie comme un moment presque apaisant, suspendu. Elle est une coquille vide. Ils ont choisi avec soin les textes lus, elle ne voulait pas de textes trop religieux. Un oncle de Nicolas et son père prennent la parole pour évoquer la vie de Nicolas. Elle trouve son beau-père courageux de pouvoir lire, la voix pleine d'émotion, l'histoire de son fils. Elle en est incapable, les mots seraient restés coincés dans sa gorge, bloqués par la boule d'angoisse. Des amis ont également répondu présents pour la lecture de textes. Elle vit cet hommage comme dans un brouillard. À l'issue des lectures, une file interminable de gens vient pour un dernier au revoir et lui serrer la main ou la prendre dans leurs bras. Elle n'a pas vraiment conscience de tous ceux qui s'approchent d'elle ou de ses enfants, elle se sent tellement épuisée, si faible. Puis la musique choisie par ses enfants retentit dans l'église silencieuse, tout le monde semble retenir son souffle.

Le trajet à pied jusqu'au cimetière lui paraît très long, elle s'accroche au bras de son beau-père pour ne pas tomber, elle n'a presque plus la force d'avancer. Elle ne veut pas y aller, elle ne veut pas lui dire au revoir pour toujours, elle ne veut pas. Il lui est insupportable de voir son cercueil descendre dans la fosse, elle serre ses enfants contre elle, elle ne les lâche pas. Elle sent contre elle leur cœur qui bat si fort, les soubresauts de leur chagrin. À partir de ce moment, elle prend pleinement conscience qu'elle ne pourra plus jamais le voir, le toucher, le sentir. Est-ce possible qu'elle souffre davantage, qu'elle ait encore plus mal ? Elle ne ressent qu'une immense tristesse qui semble la dévorer, la consumer entièrement. Cet ouragan, cette tempête dans leur vie n'en finira donc jamais ? Elle regarde ce trou béant dans lequel la boîte en bois descend, elle veut le rejoindre.

La personne des pompes funèbres leur indique d'une voix douce de se mettre en retrait sur une allée et, de nouveau, amis, copains et membres de la famille viennent leur serrer la main, leur dire une parole qu'ils pensent réconfortante. Elle n'entend rien, elle n'est tout entière que souffrance et chagrin. Puis le bruit des pas sur les graviers s'estompe, se tait. Le silence. Elle attrape alors la main de ses enfants et suit sa famille. Ils rejoignent la maison de ses beaux-parents. Dans la cour devant la porte-fenêtre, presque tous sont venus pour les embrasser, leur murmurer une nouvelle fois un petit mot de réconfort. Elle ressent une telle lassitude, elle a si mal, dans sa tête, dans son cœur. Elle n'arrive même plus à pleurer, ses larmes semblent s'être épuisées. Elle entend les messages de courage, de peine, d'aide, mais ne sait pas quoi leur répondre, elle ne sait même plus sourire.

On lui a beaucoup répété le mot « courage Charlotte » depuis la disparition de Nicolas, « tu es forte ». Être forte, est-ce ne pas pleurer ? Être forte, est-ce affronter ces moments de désespoir et pouvoir se relever ? Être forte, est-ce lutter tous les matins pour se lever ? Être forte, est-ce affronter la journée à venir, encore une, sans lui à ses côtés ? Être forte, est-ce recommencer à vivre ? Être forte, cela veut dire quoi, en fait ?

Elle parle facilement de ses sentiments, de son ressenti, de sa souffrance, elle ne pense pas que cette facilité de parole puisse être considérée comme de la faiblesse. Pour elle, c'est impensable de tout garder à l'intérieur. Nicolas était comme cela, il gardait pour lui ses pensées, ses souffrances. Il lui disait souvent qu'elle parlait pour ne rien dire et ça l'agaçait. Elle envisage un peu cela comme un sac à dos dans lequel on jetterait des pierres et qui, avec le temps, deviendrait bien trop lourd à porter. Ces derniers temps, ce sont des blocs de roche très dure qu'elle a portés sur son dos frêle. Il faut maintenant vider ces pierres, une par une, car elle ne peut plus porter seule tout ce poids.

Bien souvent, elle se rend compte que ses amis ou sa famille n'osent pas trop lui poser de questions, sans doute par peur de la blesser ou de la faire souffrir davantage. Ces silences, cette gêne, elle ne les interprète pas comme un manque d'intérêt – peut-être ont-ils simplement peur de se montrer maladroits. Son frère, par exemple, ne l'appelle pas au téléphone comme il pouvait le faire précédemment, il ne sait pas quoi lui dire, sans doute a-t-il peur de la peiner ou de lui faire penser à Nicolas. Mais Nicolas est là, à chaque seconde, dans chacun de ses souffles. Il est là avec elle dans son cœur, dans son corps, partout, tout le temps.

Elle sait que tenter d'ignorer la souffrance ou l'empêcher de faire surface en refoulant les larmes n'est pas une bonne idée, il est préférable, au contraire, d'apprendre à vivre avec cette douleur plutôt que de l'esquiver. Mais c'est sans doute plus facile à dire qu'à faire. La psychologue qu'elle voit tous les mois lui a dit qu'elle a le droit d'être triste, de se sentir seule, effrayée parfois. L'idée reçue selon laquelle une personne qui ne pleure pas n'est pas affectée par la disparition d'un être cher est complètement fausse, chacun réagit comme il le peut, selon son caractère, sa personnalité. Et pourtant, en dépit de cela, elle sent qu'elle lutte contre les pleurs, contre la peur d'être seule, contre l'insécurité qu'elle ressent. Elle lutte de toutes ses forces pour ne pas être triste, pour se convaincre qu'elle est forte. Elle lutte chaque jour pour se lever, pour accomplir tous les gestes du quotidien afin de se prouver qu'elle est capable d'avancer sans lui. La nuit, elle lutte contre ses démons qui veulent l'engloutir dans le chagrin. Elle lutte, elle lutte, mais c'est un combat épuisant vain, qui la laisse exsangue.

Elle a toujours manqué cruellement de confiance en elle, depuis aussi longtemps qu'elle s'en souvienne, elle doute de sa propre valeur. Nicolas a été une personne importante dans sa vie, il lui a appris beaucoup de choses sur elle-même. Au fil du temps, de leur relation, il lui a redonné confiance dans l'amour. Elle comptait sur lui et, maintenant, c'est comme s'il lui manquait un membre. Dorénavant, il lui faut apprendre à compenser ce déséquilibre, à faire seule, à s'aimer, à s'estimer, mais elle n'y arrive pas.

Elle sait pourtant qu'elle peut puiser de la force en elle. Durant toute sa maladie, elle l'a prouvé, elle s'est découvert cette capacité à gravir des montagnes. Elle a accompagné et soutenu son mari, l'a rassuré du mieux qu'elle pouvait, lui a donné toute l'énergie puisée au fond d'elle. Il était si fragilisé par tous ces bouleversements, elle a essayé de ne pas minimiser ses symptômes, mais elle ne voulait pas non plus paniquer. Trouver le bon équilibre s'est avéré très difficile, elle a eu la sensation d'osciller en permanence et de ne pas réussir à trouver la bonne formule. Lui parlait peu de ce qu'il vivait, ces silences étaient difficiles pour elle, voulait-il la protéger ? Se protéger lui-même ? Tant de questions restent sans réponse. Les mauvaises nouvelles s'accumulaient, mais elle se relevait toujours pour leur famille, pour lui. Elle était terrorisée, mais tâchait de ne pas le lui montrer, de ne pas trop inquiéter ses enfants. Elle veillait à ne pas laisser la maladie prendre toute la place dans leur vie de famille, en organisant des sorties, en proposant de jouer, de voir des amis. Elle avait aménagé différemment son temps de travail pour être davantage présente au quotidien, elle voulait pouvoir s'adapter dans la mesure du possible à cette nouvelle situation anxiogène pour eux, apprivoiser ce cancer pour mieux le combattre, mais, en aucun cas, le laisser gouverner leur vie.

Elle se découvre au fil des jours, des semaines, une capacité à affronter ces épreuves. Elle en est presque étonnée lorsqu'elle regarde derrière elle le chemin parcouru et l'énergie qu'elle a déployée. Il y a encore énormément de moments de doutes, mais elle est déterminée à décider de sa vie, à être maître de son destin personnel ou professionnel. Elle a envie de se sentir capable d'assumer ses propres choix, qu'ils soient mauvais ou bons. Nicolas lui a permis de découvrir qu'elle est forte, en lui offrant un ultime cadeau : le courage.

Finalement, on ne se connaît jamais entièrement. On se découvre au travers des épreuves de la vie. Il nous arrive de vouloir nous mettre à la place de quelqu'un qui souffre ou qui vit une situation difficile et l'on pense : qu'aurais-je fait à sa place ? Le sait-on vraiment ? Elle pense maintenant que non. Et cela l'agace d'entendre certaines personnes lui donner des conseils sur ce qu'il conviendrait de faire ou de ressentir. Cet agacement, puis cette colère qui monte en elle ont commencé avec la remarque d'un collègue au travail qui lui a dit qu'elle reprenait un peu vite le travail et que ce n'était sans doute pas une bonne idée. Ça l'a prodigieusement énervée. En ce moment, elle est souvent en colère.

Étirer ses membres courbaturés de la course de la veille, se tourner, fermer les paupières, se concentrer, chercher une position confortable pour plonger de nouveau dans le sommeil, rien de tout cela ne fonctionne. Elle ne dormira plus, elle réfléchit, les interrogations se bousculent dans sa tête.

Qu'ont-ils fait pour subir cela ? Est-ce le manque de chance ? Une sorte de malédiction ? La fatalité, le destin ? Une punition, peut-être. Être confrontée à cette saleté de maladie qui lui a volé son mari est injuste. Oui, la vie lui paraît terriblement injuste. Mais peut-on parler d'injustice ?

À l'époque, une onde de choc semblait s'être abattue sur toute la famille, ils étaient tous en état de sidération devant le diagnostic. Tout d'un coup, tout est remis en cause, en question, le quotidien complètement bouleversé. Quel sera leur avenir ? Ils ne maîtrisent plus rien, le temps semble comme suspendu, les heures, les minutes n'existent plus qu'au travers de cette tumeur. Son rôle de femme se transforme peu à peu en une mission maternante, soignante. Elle s'occupe de son mari comme d'un enfant fragile, elle s'est fixée pour mission de le protéger, de le rassurer, de l'accompagner. Elle est incapable de se projeter dans leur avenir dorénavant devenu flou, trop incertain et tellement anxiogène. Oui, le temps a changé de dimension, le lendemain n'existe plus.

Des questions auxquelles elle est incapable de répondre s'invitent souvent dans son esprit. Elle s'est longtemps demandé qui portait cette responsabilité. Nicolas peut-il être tenu pour responsable de la tumeur qui s'est installée dans son cerveau, de ces cellules cancéreuses qui, peu à peu, ont grignoté sa personnalité, ses capacités physiques, ses émotions, qui ont annihilé sa vie ? Qu'il doit être difficile de combattre cette chose qui est en lui, dans son propre corps, qui fait partie de lui...

9 La colère

Elle se sent honteuse d'éprouver de la colère contre lui, mais n'arrive pas à contrôler cet agacement. Elle ne réfléchit pas, elle se sent tous les jours si accablée, stressée, épuisée. Elle le regarde, si souvent assis sur le fauteuil dans leur salon. Il ne veut pas sortir prendre l'air, il ne fait rien, il reste là, à fixer le mur ou le plafond, le regard vide, le corps inerte et sans force. Il penche la tête, semble vouloir dormir puis se redresse et fixe de nouveau le plafond. Elle ne veut pas le voir comme ça, non, il doit être fort. Il n'a pas le droit d'être si faible, si fatigué alors qu'il vient de se lever ou qu'il a fait une sieste quelques minutes auparavant. Non, il doit redevenir normal, lui parler, discuter des prochaines vacances, aider les enfants à faire leurs devoirs, aller courir, préparer le repas, nettoyer la maison, lire une BD, appeler son frère, allumer le barbecue, travailler sur une synthèse d'un enfant dont il s'occupe au travail, regarder un film à la télévision... rire, être vivant, être lui, tout simplement. Pourquoi n'est-il plus lui ? Elle détourne le regard, elle ne supporte pas de le regarder davantage.

Lorsqu'elle y repense, elle comprend mieux maintenant ce sentiment de colère qui parfois l'envahissait, elle n'était pas fâchée contre lui, mais contre la maladie. Elle l'a, de nouveau, ressenti quelques semaines après son départ. Elle est debout au cimetière, le vent fait voler ses boucles, elle est agacée de remettre ses cheveux en place derrière ses oreilles, son manteau ouvert laisse passer le froid, elle tente de refermer rageusement les boutons pour ne pas sentir l'air glacial. Tout l'énerve. Elle ne veut pas être là devant une plaque de béton. Elle ne veut pas être là dans ce cimetière. Elle ne veut pas être là sans lui, sa main vide et froide qui pend le long de son corps.

Elle est si en colère qu'il ne soit plus là ! Elle se sent abandonnée, seule pour gérer l'après. Elle ne sait pas faire, elle ne va jamais pouvoir s'en sortir, ne se sent pas armée pour affronter l'avenir sans lui. Elle lui a tant donné, pourquoi n'a-t-il pas guéri ? Qui décide qui doit vivre ou non ?

Elle n'en veut pas qu'à lui, elle en veut aux autres aussi. À tous les autres qui sont heureux, à ceux qui sont toujours quatre. L'été qui suit sa disparation est difficile à gérer pour elle. Elle ressent cette injustice, cette colère envers les autres. Les sourcils froncés. Les poings serrés jusqu'à en avoir les jointures blanches. Pourquoi cela ne leur arrive pas, à eux ? Pourquoi cela touche-t-il sa famille et non pas ces gens qu'elle voit dans la rue, sur la plage, ces personnes qu'elle ne connaît pas et dont elle se fiche éperdument. Pourquoi pas ce vieux monsieur qui marche sur le trottoir d'en face ? Ou cette dame qui n'a pas l'air aimable ?

Dans son entêtement de colère, le fait d'être âgé, d'avoir une tête bizarre ou de paraître méchant lui semble une raison suffisante pour mériter qu'il leur arrive malheur, qu'ils souffrent comme elle. Dans de rares moments de lucidité, elle se convainc qu'il n'existe aucune explication logique, que cette situation est complètement inique, mais il lui est impossible de lutter longtemps contre ces idées. Elle s'en est ouverte à une amie qui a cherché à la dissuader de se laisser envahir par la colère, mais elle ne veut pas qu'on l'empêche d'être traversée par ces pensées, elle ne veut pas qu'on lui dise que cette situation n'est que passagère et normale. Elle ne veut pas qu'on la raisonne. Non, elle ne veut rien, à part ne plus avoir mal dans son cœur et que tout cela ne soit finalement qu'un horrible cauchemar.

À partir du moment où la catastrophe est arrivée, ils ont pu compter sur leurs amis. Spontanément, ils proposaient leur aide, téléphonaient régulièrement pour prendre des nouvelles, passaient pour discuter. Ce qui faisait du bien à son mari d'avoir de la visite, même si cela le fatiguait dans les derniers temps.

Depuis qu'il est parti, elle se sent seule et, paradoxalement, elle est bien entourée. Ses amis sont là, ils l'écoutent, la consolent lorsqu'elle est en larmes au téléphone, ils la prennent dans leurs bras réconfortants, ils veulent lui rendre service, l'aider, la soutenir dans ces moments douloureux. Elle n'a jamais été très à l'aise de recevoir des marques de sympathie, d'amour, préférant davantage donner. Elle se sent toujours un peu gênée, a peur de les déranger malgré leur proposition, d'abuser de leur gentillesse.

Elle ne mesure pas tout de suite ce qu'ils lui apportent dans son deuil, mais de les savoir près d'elle lui procure des petits moments de soulagement. C'est comme si, pendant quelques instants, ils l'aidaient à porter les sangles trop lourdes de son sac à dos imaginaire. Ce sac, rempli progressivement des pierres du mur brisé de sa vie, est un fardeau douloureux dont il semble qu'elle ne pourra jamais se débarrasser. Y arrivera-t-elle un jour ?

Les amis du Finistère sont venus aux obsèques, ses anciens collègues du centre médico-psycho-pédagogique et aussi les anciens collègues de son mari. Revoir certains d'entre eux lui a fait beaucoup de peine, ils incarnent la vie professionnelle de Nicolas à l'Institut Médico Éducatif, soit les quatre années de leur vie séparée, lorsqu'il était resté pour le travail à Brest et qu'elle était avec les enfants en Ille-et-Vilaine. C'est avec eux qu'il a passé ses soirées en semaine. C'est avec eux qu'il a ri, discuté, partagé de bons moments. Pour Alain et Nathalie, chez qui il a habité pendant de nombreux mois, il est comme un second fils.

Lorsqu'ils décident de quitter le Finistère et de revenir vivre dans l'Ille-et-Vilaine en 2011, tout ne se déroule comme ils l'ont envisagé. Elle trouve très rapidement du travail à Rennes, mais pour son mari, la démarche est beaucoup plus longue et difficile. Il conserve son poste d'éducateur spécialisé à Brest tandis qu'elle part au mois d'avril 2011 vivre chez ses beaux-parents. Dès juillet, les enfants la rejoignent pour commencer l'année scolaire dans leur nouvelle école. Ils pensent alors que cette situation ne va pas durer, mais ils se trompent. Ils restent sur ce mode de fonctionnement pendant quatre années. Quatre longues années où ils sont séparés pendant la semaine. Cette période est très compliquée à vivre. Elle se souvient qu'au début, ils l'acceptaient plutôt bien puisqu'ils étaient persuadés que cela n'allait pas s'éterniser. Puis le quotidien s'installe, chacun prend ses marques dans cette nouvelle organisation forcée. Mais au fur et à mesure des mois, ils s'interrogent : ont-ils bien fait de procéder ainsi ? Ne devrait-il pas démissionner pour consacrer plus de temps à sa recherche de travail ? Allant même jusqu'à penser qu'ils pourraient revenir dans le Finistère.

Nicolas vit chez plusieurs amis pour ne pas avoir de loyer trop important à payer, en plus du prêt de la maison qu'ils ont achetée près de Rennes. Elle ne les connaît pas encore tous très bien, mais lorsqu'elle le rejoint certains week-ends avec les enfants, elle constate que les amis constituent un socle fort sur lequel son mari peut se reposer quand il se sent seul. Il a beaucoup déménagé pendant ces quatre années, vivant successivement dans l'appartement d'un ami militaire à Brest, puis dans une petite annexe dans le jardin d'une maison louée par Pascal ou encore dans un camping-car chez Alain et Nathalie. En octobre 2015, la bonne nouvelle arrive enfin ! Elle se souviendra longtemps de ce moment. Elle est dans le train de retour d'une réunion professionnelle à Paris. Nicolas l'appelle. Son téléphone vibre sur la tablette devant son siège. Elle se lève, quitte rapidement le wagon pour pouvoir parler à son aise. Il ne laisse pas de suspens, il lui annonce d'emblée que son entretien qui a eu lieu plus tôt dans la journée, s'est particulièrement bien passé et qu'il vient juste d'avoir le retour, il est embauché ! « C'est bon Charlotte, j'ai eu le poste ! » Il a décroché un CDI dans un ITEP à Chateaubourg, près de Rennes. Quelle joie ! Elle pleure, elle a si hâte de rentrer à la maison pour le prendre dans ses bras, le féliciter. Une si merveilleuse nouvelle ! Elle retourne à sa place, les yeux brillants de larmes de bonheur. Ils vont enfin être réunis après avoir été séparés durant ces quatre longues années.

Au travail, elle s'entend bien avec tous ses collègues, certains sont devenus des proches. On dit souvent que l'on voit qui sont ses vrais amis dans l'adversité. Elle le constate chaque jour, et pas uniquement venant de ses amis, mais aussi au travers de ses relations de travail.

Un appel au don de jours de congé est lancé par son chef. Beaucoup répondent présents et lui en offrent un ou plusieurs pour qu'elle puisse s'occuper de son mari malade ou se reposer. Elle ne sait pas qui donne, ni combien de jours, le don reste anonyme. Elle veut tous les remercier un par un, très touchée de ce geste. Un simple merci ne lui semble pas suffisant. Alors elle rédige un message qu'elle souhaite envoyer à tous ses collègues, mais devant son clavier, elle se rend compte qu'il lui est compliqué d'exprimer par de simples mots ce qu'elle ressent, de leur dire toute sa gratitude. Elle écrit, efface, recommence, réfléchit puis finalement laisse les lettres s'imbriquer les unes dans les autres et clique sur le bouton envoyer. Elle ressent à cet instant comme une petite bulle légère qui se promène dans son corps et repousse pour quelques instants la douleur.

Cela fait plusieurs mois maintenant qu'il est parti et rien ne change. Ces amitiés sont solides et durables. Elle les aime tous très profondément, qu'ils aient partagé avec elle sa scolarité, sa première expérience professionnelle, sa vie de jeune maman, son mariage, ses quatre années d'éloignement, ses voyages, ses hobbies, son travail, ses soirées arrosées, ses fous rires et ses crises de larmes. Ils sont là, tout simplement, avec elle dans sa vie et pour toujours.

10 Le jour d'après

C'est le jour d'après. Celui qui ouvre une nouvelle année.

Sans sa présence.

Sans sa voix.

Sans lui.

En famille, il se rendent au cimetière pour un funeste anniversaire. Le ciel est gris quand ils quittent la maison avec les enfants pour se rendre chez ses beaux-parents. Alix conduit. Son beau-frère est déjà arrivé avec son fils.

Ils discutent, parlent de tout et de rien, mais semblent surtout éviter le sujet qui les a tous réunis ce jour. Peut-être un peu de pudeur, les larmes sont au bord des yeux, les cœurs souffrent des cicatrices encore vives de la maladie puis de la disparition de Nicolas, les regards se croisent, lourds des souvenirs douloureux.

Son petit neveu, qui a un bientôt deux ans, égaye ces moments passés ensemble. Il est comme un rayon de soleil dans l'obscurité, il panse les plaies par ses sourires et ses bisous mouillés. Il marche d'un pas incertain encore, mais il a le pouvoir de chasser et faire tomber les ombres du passé qui tentent de les envahir tous.

Le cimetière est à quelques minutes à pied. Ils portent dans leurs bras les objets qu'ils ont préparés en guise de cadeau de mémoire. Elle a voulu réaliser une composition florale pour lui, elle a choisi des fleurs rouges, elle aime qu'il ait de la couleur avec lui. Elle a également déniché un gros bocal transparent suffisamment haut pour y coller le long des parois des photos soigneusement sélectionnées. Elle a passé du temps à choisir les bons clichés pris lors de vacances ou capturés dans les moments heureux du quotidien. On voit Nicolas souriant lors d'un repas de famille, posant fièrement en bombant le torse à la plage ou encore à côté de ses enfants lors de leur voyage en Suède en mai 2018.

Il est beau.

Il est heureux.

Il est vivant.

Elle a ajouté de délicates et légères plumes blanches au fond du bocal et des petites lumières. Elle les allume, une à une, avant de refermer le couvercle. Elle veut penser qu'il ne sera pas seul ainsi, ils sont tous là avec lui sur les clichés, la lumière le guidera vers sa famille, vers ceux qui l'aiment si fort pour toujours.

Ils ont composé et commandé une plaque en pierre émaillée, une belle plaque blanche sur laquelle ils ont fait inscrire son prénom et la phrase : « Penser à toi, c'est te faire exister. » Avec les fleurs, l'ensemble rend bien, elle aime l'idée que ce qui entoure son mari dans son repos éternel soit beau.

Les larmes coulent sur les joues, l'émotion est palpable. Chacun, dans sa peine, se remémore les instants joyeux, mais aussi sûrement ceux plus tristes et insupportables de cette saleté de maladie, de ce combat inégal et injuste. Même un an après, le sentiment d'injustice est toujours bien vivace pour son père qui n'a de cesse de répéter qu'il ne comprend pas, qu'il était si jeune et en bonne santé. Pourquoi ? Pourquoi lui ?

Elle lève ses yeux rougis et gonflés de chagrin vers son fils. Il ne pleure pas, il se retient et doit sûrement essayer de penser à autre chose, il ne veut pas se laisser gagner par la tristesse. Il lui a déjà dit que s'il n'y pense pas, il souffre moins de l'absence de son père. Il lui manque beaucoup. Elle n'est pas du même avis que lui, mais elle le laisse gérer comme il le peut, cela lui appartient. Si un jour, la souffrance et tout le chagrin contenu si longtemps jaillissent de son cœur, elle sera là pour l'écouter, le consoler et l'apaiser.

Sa fille est anéantie, elle est prostrée devant la pierre tombale, elle n'a pas pu retenir son émotion, elle pleure à chaudes larmes. Elle place une main sur son épaule puis la caresse doucement et se penche pour l'embrasser sur le front. Elle n'a pas de mots pour apaiser sa peine, elle voudrait tant que tout cela ne soit jamais arrivé, que ses enfants ne souffrent pas de la perte de leur papa adoré, elle voudrait tant pouvoir les protéger du malheur.

Il est 18 heures 05, elle n'a pas besoin de consulter de montre pour savoir. Cela fait une année qu'il est parti.

Il lui manque tant.

11 Raphaël et Alix

Depuis le 16 mars, elle travaille depuis son domicile. Il lui a fallu déployer des trésors d'imagination pour trouver l'endroit idéal. Elle s'installe dans le canapé. Le dos calé contre des coussins mous, elle pense avoir trouver une place de choix, mais l'ordinateur qui glisse sur ses genoux et le chat qui vient marcher sur les touches de son clavier l'ont définitivement convaincue que ce n'était sûrement pas la bonne place. Qu'à cela ne tienne, elle est pleine de ressources. Elle avise la table dans le coin salle à manger, en voilà une bonne idée : elle déplace donc tout son matériel, mais, à peine arrivée à destination, elle se prend le pied dans le câble de la souris, trébuche et se cogne contre la chaise. Elle râle, peste, encore toute fulminante, lâche le tout un peu trop brutalement. Elle souffle un grand coup pour se calmer, il lui reste encore ses documents à récupérer, là au moins aucun risque de trébucher dans les fils.

Toute contente, elle s'apprête à rebrancher son poste de travail, mais se rend compte que la prise est trop éloignée. Bon, une rallonge fera l'affaire. Elle file dans le garage, fouille, déplace, soulève, mais ne trouve pas son bonheur. Elle était pourtant sûre d'en avoir rangé une dans ce tiroir. Agacée, elle monte dans la chambre de sa fille pour vérifier si elle l'a utilisée dernièrement. Bingo, à peine entrée, elle la distingue à demi déroulée sous le lit. De nouveau, une grande respiration pour garder son calme et elle redescend sans un mot.

Voilà qui est mieux, bien droite devant son écran, elle se met au travail. Elle s'auto-félicite de sa nouvelle installation, se lève pour aller boire un verre d'eau et ne prend pas garde à la rallonge posée par terre. Elle glisse, tente de se rattraper, mais se cogne le coude contre le bar. Une douleur fulgurante lui vrille le bras jusqu'à la main puis l'engourdit avec une sensation de fourmis. Une, deux, trois profondes respirations, elle ravale les larmes qui lui montent aux yeux. Elle n'a pas beaucoup avancé dans son travail, il est bientôt l'heure du déjeuner. Les enfants arrivent et lui demandent : « Mais où va-t-on manger ? Il n'y a plus de place sur la table. » Elle empile, repousse, décale le tout pour mettre le couvert. Elle se trouve très ingénieuse.

Elle ne se satisfait pas longtemps de ce dispositif ; au bout de quelques jours, ce qui lui était apparu comme la meilleure solution la fatigue considérablement. Elle réfléchit, le cerveau en ébullition, puis décide d'utiliser une pièce non occupée à l'étage. Elle sert de chambre d'amis et de salle de jeux pour son fils. Le petit bureau contre le mur sera parfait. Trois trajets lui sont nécessaires pour tout monter, et cette fois elle est ravie, aucune chute ni souci d'électricité. Sauf qu'elle n'a pas la place de tout mettre, le clavier chevauche son cahier et la souris est coincée contre le pied du deuxième écran. Les déconnexions régulières d'Internet auront raison très rapidement de cette troisième tentative. La revoilà maintenant dans les escaliers qui refait le chemin en sens inverse, tout le barda sous le bras et la mine dépitée.

Elle ne se laisse pas abattre, elle va trouver. Un regard circulaire sur son rez-de-chaussée lui indique une autre option à laquelle elle n'avait pas pensé. Elle tient là le dénouement de son problème de télétravail. Un ancien bureau d'écolier est posé derrière le canapé, il est un peu plus grand que celui de l'étage, il conviendra à merveille. La valse des branchements terminée, la connexion réseau fonctionnant bien, elle s'installe sur une chaise, ravie. Son contentement sera de courte durée, déjà l'écran glisse sur le plan incurvé du bureau. En se rapprochant pour le rattraper, elle se cogne les genoux contre le casier sous le plateau et maugrée contre la fatalité qui s'acharne contre elle.

Elle continue à ronchonner, à faire les cent pas dans la pièce. Elle s'obstine, inspecte, ôte, attrape et, enfin, déniche au fond du garage une planche assez lourde et deux tréteaux qu'elle trimballe de façon acrobatique jusqu'au salon. Elle manque de faire tomber la plaque de bois sur ses orteils, jure puis, à bout de souffle, l'appuie contre le mur. Ouf, elle y est arrivée, il ne reste plus qu'à positionner le tout correctement pour que cela tienne. Quelle aubaine ce plateau en contreplaqué, il a les bonnes dimensions pour recevoir tout son équipement informatique. Même l'imprimante, achetée récemment, trouve sa place en-dessous, posée sur un tabouret.

Elle triomphe, mais vraiment, ce n'est pas facile le télétravail ! Elle se pose enfin, un coussin sur son assise de chaise pour être plus à l'aise et s'apprête à s'y remettre, mais il est presque treize heures, il va être l'heure de manger. Décidément, que les journées passent vite en télétravail !

Ses nouvelles missions professionnelles l'occupent beaucoup. Quand elle termine sa journée, elle sent qu'elle a accompli des tâches utiles et le soir, elle s'endort plus facilement, fatiguée. Mais ses nuits sont toujours très agitées. En ce moment, elle rêve beaucoup de Nicolas. Ces rêves sont très souvent compliqués et l'embarquent dans des scénarios où elle doit le prendre en charge, s'occuper de lui, le protéger. Elle s'est de nouveau réveillée en pleurs ce matin-là.

Elle s'en remémore un en particulier, qui l'a profondément marquée. Tous les quatre, avec toute la famille, dorment chez ses beaux-parents. La maison ne correspond pas à la réalité dans son rêve, mais elle se rappelle qu'ils sont à l'étage et que les enfants viennent de se réveiller. Elle sort de sa chambre en peignoir pour aller les voir et leur demander de ne pas faire de bruit pour ne pas gêner leur papa qui sommeille. À tâtons, dans le couloir sombre, elle leur prend la main pour les faire descendre dans la cuisine, mais juste avant de tourner dans le couloir, ils entendent un bruit, puis un râle. Elle se précipite, les enfants sur ses talons, tout au bout de cet interminable couloir. À l'extrémité, une porte est ouverte, elle donne sur une pièce toute tendue de rouge et nimbée d'une lumière très faible. Nicolas est étendu sur le lit rouge, recouvert d'une couverture, habillé d'un jeans et d'un sweat vert. Il ne va pas bien, il souffre, il gémit, très agité. Elle a peur, se précipite vers lui. Il veut se relever, mais il n'est pas du tout stable sur ses jambes, tout un côté de son visage est paralysé et il bave. Il la repousse, têtu. Elle tente de le rassurer, de l'aider. Les enfants pleurent derrière elle, elle sent leurs larmes inonder son dos qui est maintenant trempé. Son tee-shirt rouge dégouline, dégorge et la teinture rouge coule sur son pantalon jusqu'au sol.

Elle n'a pas été plus loin dans ce rêve étrange et angoissant, les pleurs l'ont réveillée.

La veille, elle avait passé une bonne soirée. Une fois sa journée de travail terminée, elle avait éteint son ordinateur, quitté sa chaise et son coin bureau dans le salon puis était montée pour proposer un jeu aux enfants. Alix devait finir un devoir et n'était pas disponible, mais, à son grand étonnement, son fils, Raphaël, a bien voulu la rejoindre. « Des fléchettes, ça te dit ? » Cela fait bien longtemps qu'elle n'y a pas joué. Elle avait acheté la cible en sisal dans un magasin spécialisé quelques années auparavant afin de faire une surprise à son mari pour son anniversaire. Après quelques expérimentations non concluantes sur les murs du salon, la cible a trouvé place grâce au talent de son beau-père, elle est maintenant fixée sur un panneau en bois, amovible et plaqué contre le mur de la terrasse. Ainsi, les tirs malheureux – et ils sont encore nombreux – viennent se planter dans le bois tout autour et non dans le mur !

Le ciel est gris, mais il ne pleut pas. Le sol en lames de bois glisse un peu, il reste mouillé des averses de l'après-midi. Avec précaution, ils fixent les plumes sur la tige des fléchettes. Son fils la regarde, il lui sourit.

Raphaël fanfaronne beaucoup, disant qu'il est le meilleur et qu'il va la battre. Elle aussi n'est pas en reste et lui promet en riant une victoire écrasante et humiliante. Un premier débat a lieu sur la règle du jeu, faut-il débuter avec cinq cents, cinq cent un ou cinq cent trois points ? Une recherche rapide sur Internet répond à leur question et la partie peut commencer. Son fils se moque de la façon dont elle tient sa fléchette – « comme un stylo », lui dit-il. Elle se rend vite compte, au bout de ses trois tirs, qu'elle est incapable de viser juste et le fait rire en essayant différentes techniques de tir. Elle plisse les yeux, se dandine sur les jambes comme pour chercher le meilleur appui, fronce les sourcils dans un souci de concentration extrême. Toutes les techniques sont bonnes pour lui faire croire qu'elle est la meilleure dans les tirs de précision. Elle annonce un huit et finalement atterrit sur un double dix-neuf. Lui non plus n'est pas très performant, malgré son air assuré. « Si, si », affirme-t-elle. Pour l'instant, elle fait exprès de mal jouer pour lui éviter l'humiliation d'avoir perdu trop vite, tout est bon pour crâner un peu !

Elle l'observe, très concentré sur sa tâche. Il a beaucoup grandi ces derniers mois, il a poussé tout en longueur. En l'espace d'à peine une saison, les pantalons sont devenus trop justes. Les bras levés découvrent son ventre sous les tee-shirts. Sa voix a mué, hésitant sans cesse entre les aigus et les graves, ce qui lui donne un timbre assez particulier d'ailleurs peu propice à la chanson. Ses jambes de petit garçon se sont recouvertes de poils foncés et frisés – des jambes d'homme maintenant. Le duvet tout fin au-dessus de sa bouche a laissé place à de la moustache et quelques poils se sont installés sur son menton. Lorsque cela a commencé, elle se souvient qu'on le surnommait le mexicain en raison de l'ombre au-dessus de ses lèvres. Cela les faisait beaucoup rire Alix et elle, et Raphaël ne le prenait pas mal, il s'en amusait aussi. Il s'est rasé pour la première fois pendant les vacances de printemps. Ce n'était pas évident, il a expérimenté pas mal de grimaces pour réussir à atteindre les petits poils juste sous le nez. Elle aurait tellement voulu que Nicolas soit là pour l'accompagner dans cette expérience du premier rasage. Elle imaginait bien la scène, tous les deux devant le miroir de la salle de bain avec la bouche gonflée. Elle aurait pris des photos pour immortaliser cet instant sous leur regard râleur pour lui dire de les laisser tranquilles !

Il est là debout, sa jambe droite légèrement en avant pour trouver son équilibre, le bras tendu. Il sourit quand il se rend compte qu'elle l'observe. « Arrête, ça me déconcentre ! », lui dit-il. Elle a soudain très envie de le serrer dans ses bras de maman, comme lorsqu'il était un petit garçon. Mais déjà son tour arrive, elle repousse cette idée qui le mettrait peut-être mal à l'aise. Retirant ses fléchettes de la cible, il annonce fièrement son score. Elle se positionne à son tour, lève le bras, vise et tire.

Raphaël est né le 2 novembre 2005, à Brest, à la polyclinique de Keraudren, comme sa sœur aînée. Sans doute pressé de sortir au plus vite du ventre maternel, elle n'a pas eu à attendre très longtemps pour voir émerger sa petite tête. L'arrêt de la pilule a été assez efficace, puisque quinze jours après, elle a commencé à ressentir les signes annonciateurs d'une grossesse, les seins douloureux qui gonflent et de la fatigue.

Elle a espéré que cette grossesse ne se passerait pas à l'identique de la première, avec son lot de nausées. Mais ses prières n'ont pas abouti ! Pendant les trois premiers mois, elle n'arrivait pas à garder son petit déjeuner bien longtemps. Au bout de quelques minutes à peine, le peu qu'elle avait réussi à manger lui tournait dans l'estomac. Afin d'éviter les malaises, elle conservait près de son lit des biscuits secs et une bouteille d'eau. Le lever à jeun était un peu difficile. Elle comptait les jours sur un calendrier en se disant qu'ainsi cela irait plus vite. Mais peine perdue, comme pour Alix, son ventre lui a joué des tours pendant environ trois mois et puis cela s'est calmé, enfin !

Elle a ressenti les premières contractions le 1er novembre au soir, vers dix-neuf heures. De petites contractions assez légères, à peine des crampes au ventre. Mais, très rapidement, elles se sont accentuées. C'était une première pour elle qui avait accouché pour sa fille par césarienne. Elle a un peu ri au départ, en disant à Nicolas que, finalement, les contractions, ce n'est pas aussi douloureux qu'on le pense. Cette idée l'a rapidement quittée quand celles-ci se sont accrues et sont devenues plus éprouvantes. Elle s'est douchée, a fini de préparer ses affaires et son mari a téléphoné à la nourrice d'Alix pour qu'elle la garde pendant qu'ils iraient à la maternité. Ils ont expliqué à leur petite fille de deux ans et demi que le grand moment était venu, qu'elle allait pouvoir bientôt rencontrer son petit frère ou sa petite sœur. Qu'a-t-elle vraiment compris de la situation ? Elle n'a pas répondu, elle était contente de voir Lolo, sa nourrice. La valise dans le coffre, la maman installée confortablement sur le siège avant de la voiture, Alix sanglée dans son siège auto et le papa au volant. Après avoir déposé leur fille, ils sont arrivés à l'accueil des urgences à minuit précis.

La prise de tension artérielle, l'analyse d'urines, la prise de température, l'installation du monitoring et le très peu agréable toucher vaginal pour vérifier la dilatation du col ont été réalisés assez rapidement. Puis elle a perdu les eaux, les contractions se sont rapprochées et intensifiées, et le médecin a à peine eu le temps de poser la péridurale que son bébé voulait déjà sortir. Raphaël est né à trois heures cinquante-quatre, un beau bébé de trois kilos six cents. Elle se souvient de l'émotion ressentie, la découverte du sexe du bébé, le choix final du prénom. Elle a pleuré comme pour la naissance d'Alix : il était si beau ce bébé, ce fruit de leur amour.

Le lendemain, son mari est revenu à la maternité avec leur fille qui a enfin pu découvrir son petit frère. Pour l'occasion, elle avait revêtu une jolie robe rose bonbon, une couleur qu'elle adorait porter. Ses cheveux blonds bouclés étaient plus ou moins retenus par une barrette rose elle aussi. On voyait bien que son papa l'avait coiffée comme il avait pu. Elle a immédiatement adoré son petit frère. Elle voulait toujours lui faire des bisous sur le front, le porter, mais ils lui ont expliqué qu'il était fragile. Malgré les consignes des psychologues dans le magazine *Parents*, ils avaient prévu un cadeau pour elle afin de marquer cet heureux évènement : un gros bus scolaire américain de couleur jaune, avec des petits personnages à l'intérieur. Lorsqu'on le poussait, il émettait une jolie musique et ses phares, comme des yeux, oscillaient de droite à gauche. Alix a pris le temps de découvrir toutes les fonctionnalités de ce merveilleux cadeau et son papa la guidait dans ses gestes pour appuyer sur la casquette du chauffeur. Elle a ri lorsqu'elle a compris qu'en l'actionnant, un nouvel air de musique se déclenchait. Après quelques minutes d'attention à jouer avec le bus jaune, elle a levé les yeux vers son petit frère, lui a souri puis elle a semblé réfléchir sérieusement en fronçant les sourcils et a demandé si le bus était aussi dans le ventre de maman. Cette question inattendue les a fait rire tous les deux. Ils étaient bien embêtés de ne pas savoir quoi lui répondre alors, d'un regard amusé, ils ont dit que oui, puisqu'il s'agissait d'un cadeau de son frère. La réponse a eu l'air de lui convenir, elle s'est agenouillée de nouveau et a repris l'exploration du jeu.

Ce jouet est toujours à la maison, rangé en haut d'un placard. Il les a suivis dans tous les déménagements et il fonctionne encore aujourd'hui, après quelques changements de piles. Il fait la joie de tous les petits enfants qui viennent chez eux et, quand elle le ressort parmi les autres jouets stockés dans la petite caisse en plastique, elle ressent toujours une émotion particulière.

Alix regarde souvent des photos d'elle bébé puis petite fille. Elle semble avoir besoin de se raccrocher au passé, avec son papa encore vivant. Elle juge sa mère trop sentimentaliste, mais l'est un peu aussi.

Elle peste devant les clichés : « Comment pouviez-vous m'habiller comme ça ? » Elle lui répond invariablement que c'était la mode à l'époque et qu'elle adorait *Dora l'Exploratrice*. Elle avait toute la panoplie et ne voulait porter que du rose. Même sa chambre dans leur appartement de Brest avait eu droit à une décoration presque entièrement de cette couleur.

Elle lui tend une photo en particulier, on la voit sourire, avec quelques dents en moins, sa casquette vissée sur ses jolies boucles blondes. Bien entendu, elle la trouve toute mignonne, mais sa fille n'est pas de cet avis. Elle représente beaucoup, leur premier bébé. Ils se sentaient un peu gauches lorsqu'elle est née, passant un temps interminable à lui donner son bain ou à l'habiller en évitant de trop la manipuler pour ne pas lui faire mal. Alix n'était pourtant pas un tout petit bébé, elle est née par césarienne quinze jours avant terme et pesait trois kilos quatre cent vingt. Elle avait déjà beaucoup de cheveux à la naissance, des fils soyeux qu'elle aimait coiffer avec la petite brosse qu'elle avait eue dans la mallette de la maternité.

C'est un bébé qui n'aimait pas les changements. Cela s'est particulièrement ressenti quand elle a commencé à aller chez la nourrice puis à l'école. Chaque modification dans le programme initial la faisait pleurer. Elle ne voulait pas prendre la navette des nourrices qui amenait les enfants à la bibliothèque ou au jardin d'enfants et, plus tard, n'aimait pas rejoindre un lieu différent de sa classe pour y faire du sport, par exemple. Mais depuis, elle s'est ouverte, et elle pense que c'est grâce à la pratique de la danse modern' jazz. Elle se souvient d'une maîtresse en primaire, Élise, que sa fille a particulièrement aimée et qui, avant leur départ pour Brest, avait noté sur une petite carte qu'Alix était comme un papillon qui allait sortir de sa chrysalide.

Elle avait trouvé l'image très belle et elle aimerait pouvoir retrouver cette Élise pour lui dire combien elle est fière de sa fille et qu'elle est maintenant un magnifique papillon. Elle a changé depuis, les boucles blondes ont laissé place à une adolescente à la chevelure lisse et plutôt foncée. Pourtant, elle a toujours le même caractère, la même détermination.

Elle vient de se réveiller. Elle ouvre les yeux, les referme, se tourne dans le lit, mais elle sait déjà qu'elle ne parviendra pas à se rendormir. Il est 8 heures 03, elle s'étire, repousse la couette et se lève. La maison est silencieuse, les portes fermées, le couloir sombre. Elle descend, l'escalier grince sous ses pas. Le chat arrive derrière elle en miaulant, il la suit, se collant contre ses jambes pour solliciter des caresses. Puis une fois repu, il sort par la porte-fenêtre qu'elle vient d'ouvrir, cette fois sans caresses.

Aujourd'hui, c'est dimanche. Elle n'a jamais vraiment aimé les dimanches, il y a comme une sorte d'urgence à en profiter un maximum avant la reprise du travail, le lendemain. Elle vit cela comme une pression. Certains sont plus ou moins réussis, d'autres ratés avec une impression de n'avoir rien fait d'intéressant et que la journée est passée trop vite quand même. Il est 8 heures 14, elle quitte ses pensées pour commencer à préparer le brunch en guise de petit déjeuner. Elle pèse, dose, aromatise, coupe, bat, racle, mélange, presse, cuit, dresse puis, enfin, lave la vaisselle utilisée. Il est 9 heures 23.

Elle remonte à l'étage pour s'habiller. Elle doit sortir pour aller acheter du pain frais à la boulangerie. Elle complète son attestation de sortie, attrape son sac, enfile une veste puis sort de chez elle. Il ne fait pas froid, le temps est plutôt humide, mais doux. Elle ne croise que peu de personnes sur son chemin. Être dehors lui donne envie de courir, mais elle se dit qu'elle ira plus tard, elle n'a pas pris de petit déjeuner et elle a faim. Elle rallonge son trajet de retour par quelques petits détours dans le quartier. Sa montre indique 10 heures 27, elle arrive devant sa porte d'entrée.

À peine rentrée, elle plie du linge, range le salon, remet les plaids dans le panier près de la télévision puis, après s'être occupée de nettoyer la litière du chat, elle enchaîne sur la cuisson des pancakes. Sur l'écran du four, elle voit qu'il est 11 heures 40. Il est temps d'aller réveiller ses enfants qui dorment encore à cette heure tardive d'un bisou sur leur joue endormie et toute chaude de sommeil. Son fils grogne comme à son habitude. Le réveil de sa fille projette 11 heures 44 au plafond. Elle redescend pour les attendre, la table est prête, le repas aussi.

Ils descendent environ dix minutes après, son fils lui fait un rapide bisou et sa fille s'allonge sur le canapé comme si elle était fatiguée. Elle leur demande de venir s'installer pour manger. Les premières minutes du repas se font dans le silence, chacun d'eux est plongé dans ses pensées et concentré sur ce dont il a envie parmi tous les mets qu'elle a préparés. Elle les observe à la dérobée. On entend distinctement le bruit des secondes qui s'égrènent sur l'horloge fixée sur le mur. Il est maintenant midi. Ils discutent peu, seules les galipettes du chat les font parler. Il joue avec une petite boule, l'envoie d'un coup de patte à l'autre bout de la pièce et court après. Elle est assise entre ses deux enfants, elle attend. Oui, elle attend un « merci » de leur part, une marque d'attention, un « comment ça va, maman ? », un « tu as bien dormi ? », un « tu t'es levée de bonne heure ? ». Elle mange lentement, mais les mots qui sortent de la bouche de sa fille ne sont destinés qu'au chat ou sont des paroles sans intérêt. Au fur et à mesure du repas, elle se bloque dans cette attente. Elle est comme un automate qui s'est arrêté, faute de pièces dans le monnayeur. Elle connaît pourtant l'égoïsme des enfants, ils s'imaginent sans doute que tout est arrivé sur la table comme par magie, que le linge se plie seul, que la nourriture arrive dans le frigidaire et que les placards se remplissent sans aucun effort. Il est 12 heures 43, les enfants se lèvent, débarrassent la table, posent les plats dans la cuisine puis montent l'un après l'autre. Il est 12 heures 46, elle reste seule assise à table. Elle respire à fond quelques secondes, se reprend. Elle va se faire une après-midi cocooning juste pour elle, toute seule.

Elle se rend dans la salle de bain, à l'étage, pour tout préparer. Chargée de vernis, de crèmes, de limes à ongles, du dissolvant, d'un masque pour le visage… elle redescend l'escalier en faisant attention à ne rien faire tomber et allume la télévision pour regarder une série commencée quelques jours auparavant. Bien installée et calée contre les coussins du canapé, un plaid à portée de main, elle chausse ses lunettes et ouvre le bouchon du vernis à ongles. Elle a choisi le rouge, elle aime beaucoup cette couleur. Au moment où elle commence à l'étaler avec le petit pinceau, sa fille descend à son tour et, l'œil intéressé, vient s'asseoir près d'elle en lui demandant si elle peut lui mettre du vernis aussi. Comme pour appuyer sa requête, elle lui plaque un bisou sur la joue en souriant. Un petit moment entre filles... rien de tel pour se remonter le moral.

Le lendemain, ses enfants semblent être différents. Dans la journée, sa fille propose spontanément de passer l'aspirateur dans le salon. Elle la regarde un peu interloquée et acquiesce en évitant de paraître trop surprise. On ne peut pas dire que cela soit le bon moment, car elle travaille et, jusqu'à preuve du contraire, l'aspirateur n'est pas vraiment silencieux. Mais soit, une telle offre gratuite, dénuée de contrepartie, ne se refuse pas. Voilà maintenant sa fille qui monte à l'étage pour attaquer sa chambre. Elle l'entend s'activer, râler sur son frère qui lui, au contraire d'elle, ne fait rien pour entretenir la maison. En entendant cela, elle sourit, comme si sa fille était la reine du ménage et s'en chargeait quotidiennement !

Puis Alix redescend, l'air satisfait et lui dit qu'elle l'a même passé dans le couloir et la salle de bain. Que doit-elle répondre ? La féliciter ? Qui félicite une maman qui vient de faire du ménage, pense-t-elle ? Elle lui répond juste « merci », avec un petit sourire. C'est bien ça un remerciement, c'est précis, court et concis et le message passe bien. Visiblement, sa réponse n'a pas été suffisante, Alix insiste et lui rappelle quand même qu'elle y a passé du temps et que c'est bien propre. Son cerveau turbine à toute vitesse, vite, trouver un complément sans trop en faire. Les mots se bousculent dans sa tête : « C'est merveilleux », « Toutes mes félicitations », « Quelle fille formidable », « Que ferais-je sans toi ? » Non, tout cela est trop grandiloquent ou pompeux. Elle doit pourtant répondre quelque chose, sa fille attend debout devant elle, tout sourire. Elle opte finalement pour la simplicité et s'exclame : « Merci beaucoup, c'est gentil de ta part. » Quelle stratégie judicieuse, Alix repart ravie dans le garage pour ranger l'instrument de sa bonne action du jour.

Elle n'en a pas fini avec les compliments. Il est 11 heures 30 et son fils descend à son tour pour vérifier sur le menu de la semaine ce qui est prévu pour le déjeuner. Elle doit rêver, elle se pince, Raphaël anticipe le repas qu'il doit préparer ! Avec l'épisode de l'aspirateur, elle s'imagine traverser une sorte de faille temporelle et ses enfants ont été changés en êtres capables de générosité et de réflexion. Rigolant sous cape, elle lève le nez de son écran d'ordinateur en tâchant de paraître sérieuse pour lui répondre. Elle entend le son des casseroles qui s'entrechoquent, le plan de travail est jonché de miettes et déchets divers d'épluchures, un nombre incalculable de bols, saladiers, cuillères et plats recouvrent la table. C'est bien son fils qui cuisine.

Le reste de la journée se poursuit normalement, elle reste seule au rez-de-chaussée pendant que ses enfants sont censés faire leurs devoirs à l'étage. En soirée, la cavalcade dans l'escalier lui indique qu'ils débarquent. Ils veulent prendre l'apéritif devant la télévision et proposent même de s'en charger. Elle ne peut plus se retenir et rigole. Elle leur demande ce qu'ils souhaitent fêter, peut-être leur sursaut domestique ? Ils sont un peu vexés et lui disent qu'il n'y a rien de spécial, c'est juste qu'ils ont passé une bonne journée. Elle ne cherche pas à comprendre davantage leur raisonnement, un apéritif un lundi soir ? Et pourquoi pas ?

12 Les premières fois

Toutes les premières fois sans lui sont si difficiles qu'il lui semble ne pas pouvoir les supporter et les dépasser. Les seize ans de sa fille, fin juin 2019, à peine cinq semaines après sa disparition, ont été un immense moment d'émotions pour tous. Personne n'avait envie d'être heureux, de rire, personne n'avait le cœur à la fête et pourtant la vie, jalonnée de toutes ces étapes festives d'anniversaires, de diverses célébrations, continue implacablement. Il a bien fallu organiser un repas en famille, il lui paraissait important qu'elle souffle ses bougies et reçoive ses cadeaux.

Les vacances d'été arrivent vite et, après quelques échanges en famille, ils décident de partir tous ensemble, avec sa belle-famille. Tout le monde semble d'accord sur le fait de se retrouver pour ce premier été sans lui. Ils choisissent un camping neutre, vierge, un lieu qu'ils n'ont pas déjà fréquenté avec Nicolas. Afin d'optimiser le trajet, elle propose à son beau-père de conduire avec lui. Ils accrochent la caravane bien chargée et partent tôt le matin. Vider tout le matériel, installer la tente, ouvrir les caisses de vaisselle… tous ces gestes réalisés jusque-là à deux revêtent un caractère particulier, déballer tous ces objets de sa vie d'avant la perturbe beaucoup. Les arceaux de la tente en main, elle laisse les sanglots l'envahir, les souvenirs de plages, de visites la submergent. Il lui manque tellement ! Elle a l'impression que cette douleur ne la quittera plus jamais. Elle traverse ce premier été avec les yeux rougis par trop de larmes versées et une boule de douleur au fond de sa gorge. Il y a des moments difficiles et d'autres plus légers, des doutes, des peurs, des sourires et des rires parfois.

Leurs amis de Chaumont, rencontrés quelques années auparavant, viennent les rejoindre à Cannet. Le premier instant des retrouvailles est riche en émotions. David et Marion la prennent spontanément dans leurs bras et les digues de ses larmes lâchent de nouveau sans qu'aucun mot ne soit prononcé. À ce moment précis, ils ne servent à rien, la sensation des bras et des cœurs qui battent contre elle suffit pour faire passer le message essentiel.

Pour tenir le coup, elle se fixe tous les jours un objectif, une activité qui lui permette de ne pas flancher et de ne pas se laisser couler dans la douleur et la peine. Visiter une ville, aller au marché, faire une balade à vélo, s'octroyer une virée shopping ou encore nager font partie de son programme. Les derniers jours arrivent, l'heure du retour a sonné, elle a réussi à tenir. Chaque jour a chassé le précédent, chaque jour elle a réussi à se lever, à se tenir debout, à essayer de revivre sans lui à ses côtés.

La rentrée scolaire laisse derrière elle le soleil, les apéritifs et la plage. Alix fait la connaissance de sa nouvelle classe, en première, et Raphaël s'apprête à vivre sa dernière année au collège, en troisième. De son côté, elle est bien occupée par tous les documents administratifs qu'il lui faut compléter, photocopier, signer et envoyer pour la succession. Toutes ces démarches lui permettent de tenir le choc, concentrée sur un seul objectif. Elle lutte pour ne pas se laisser envahir par la tristesse, par le désespoir d'être seule pour affronter la vie.

Elle ne veut pas passer Noël de façon traditionnelle, elle voudrait qu'il soit synonyme d'un renouveau et non pas uniquement de pleurs et de chagrins. Il lui semble qu'un séjour à l'étranger pourra emplir leur cœur de souvenirs dépaysants et positifs pour commencer la nouvelle année qui approche. Dans le courant du mois d'octobre, elle cherche donc une destination de voyage. Elle souhaite un lieu où ils n'ont pas projeté de partir avant, tous les quatre. Elle veut voir briller des étoiles dans les yeux d'Alix et de Raphaël. Ils avaient déjà évoqué un certain nombre de lieux comme Barcelone ou Londres et ont visité, en 2018, la capitale de la Suède, Stockholm. Elle fouille longuement les sites à la recherche du lieu parfait et opte finalement pour New York. Le budget est conséquent à cette époque de l'année, mais elle n'a pas eu à réfléchir longtemps pour casser sa tirelire et organiser ce séjour. Son ami d'enfance, Vincent, l'aide beaucoup. Il voyage beaucoup grâce à son travail de steward dans une compagnie aérienne. Partir seule aux États-Unis avec deux adolescents lui fait un peu peur alors elle se sent rassurée par son soutien.

Elle met en place quelques jours avant le départ un système d'indices pour faire deviner aux enfants la destination. Avec son téléphone, elle filme leur réaction lorsqu'ils ouvrent chacun leur tour les enveloppes numérotées. Dedans, elle a glissé des images de monuments, de lieux ou d'activités typiques de cette ville. Elle a consacré un certain nombre de soirées à la recherche des meilleurs indices afin qu'ils ne trouvent pas trop rapidement. Tout est soigneusement préparé. À l'issue des six jours, l'excitation est à son comble, elle demande à chacun de faire part de son idée. Raphaël a trouvé au bout de quatre jours, mais il s'est bien gardé de le préciser. Leur réaction à la découverte de la destination est à la hauteur de la planification de ce voyage. Alix n'arrive pas à réaliser qu'ils vont partir dans la ville surnommée « la grosse pomme ». Elle a l'air stupéfaite, d'abord elle n'y croit pas puis, quand elle comprend vraiment qu'il ne s'agit pas d'une blague, elle se met à crier et prend son frère dans ses bras. Ils sautent tous les deux sur le lit en riant, le sourire plaqué sur le visage et le regard ému. Raphaël bombe le torse, se tapant sur les côtes pour signifier son intelligence suprême d'avoir découvert rapidement qu'il s'agissait de New York. Qu'il est drôle avec sa danse de la victoire tout autour de la chambre ! À ce moment précis, elle se sent si heureuse de leur faire plaisir, elle sait qu'elle a pris la bonne décision pour ce voyage.

Ils partent en pleine période de grève nationale, quasiment tous les trains sont annulés. Elle a pourtant prévu de se rendre à Paris en train, mais impossible de trouver une autre alternative, les bus sont bondés et ils ne peuvent pas prendre le métro pour se rendre ensuite à l'aéroport. Son beau-père et beau-frère proposent spontanément de les conduire jusqu'à l'aéroport où elle a réservé une chambre d'hôtel pour leur dernière nuit sur le sol français. Le départ est prévu le lendemain à huit heures et ils doivent enregistrer leurs bagages trois heures avant. Les conditions de circulation jusqu'à Paris sont épouvantables, les voitures collées les unes aux autres tout le long du périphérique, qui semble ne jamais finir. Après une courte nuit due à l'excitation du séjour, l'avion décolle enfin et son ami Vincent leur réserve une merveilleuse surprise : ils voyagent en classe business ! Quel luxe !

Ce séjour leur offre une parenthèse dans leur vie, le nez levé vers les buildings vertigineux, le regard plongé dans l'immensité des rues, la surprise de la foule qui se presse devant les lieux mythiques vus tant de fois à la télévision, la curiosité d'entendre des langues différentes : du russe, du polonais, de l'allemand, de l'italien, du portugais, la découverte des hamburgers géants… Malgré la fatigue des longues marches dans le vent glacial du mois de décembre, elles les voient, ces étoiles dans les yeux de ses enfants, elles brillent très fort. Quand ils rentrent chez eux, la maison est glaciale, car elle avait coupé le chauffage en partant, mais leur cœur est encore chaud, rempli de souvenirs inoubliables.

Puis les jours se sont levés les uns après les autres, les semaines et les mois ont défilé et, maintenant, elle a peur d'affronter le mois de mai 2020. Elle est bouleversée par tous ces souvenirs qui remontent à la surface, qui la submergent. Elle revit toutes ces émotions : la découverte brutale de la maladie, les chimiothérapies, les mauvaises nouvelles qui ne leur laissaient aucun répit dans le combat contre le cancer, l'envie, la force de lutter, l'espoir puis les pleurs, les angoisses, les doutes et enfin la disparition de Nicolas. Les sanglots l'engloutissent sans qu'elle puisse lutter, elle se laisse aller. Elle sait au plus profond d'elle qu'ils sont nécessaires, ces instants de doutes, de pleurs, ils l'aident à avancer dans la vie, à être plus forte. Et elle n'est plus seule maintenant.

Le miroir lui renvoie son image. Elle a le teint plutôt hâlé en ce printemps, ses cheveux teints en blonds sont frisés naturellement. Son front bas descend vers des yeux verts pimentés de quelques pépites marron. Ses sourcils, bien dessinés, suivent la courbe de son arcade sourcilière. Elle poursuit son inspection par son nez. Il est normalement placé au milieu de son visage, il est plutôt droit. Ses joues sont lisses et veloutées, et sa bouche est en arc de cupidon. Elle trouve cette expression très jolie pour décrire des lèvres. Son menton a une petite fossette et descend vers son cou qu'elle trouve trop gros à son goût. Elle est plutôt mince. Oui, elle se reconnaît, c'est bien elle et pourtant elle se sent différente après toutes les épreuves traversées depuis plus d'une année.

Elle s'est découverte combative, forte et rassurante pendant la maladie de son mari ; brave, endurante et obstinée après sa disparition ; et téméraire, entreprenante et courageuse, depuis. Elle essaie de s'affirmer, notamment dans le domaine professionnel où elle ose parfois se faire confiance, croire en ses compétences. Elle a encore peur d'échouer, de ne pas être à la hauteur alors même que son nouveau poste, qui lui tenait à cœur depuis des années, lui apporte beaucoup de satisfaction. Les retours sont positifs, tant sur sa capacité d'innovation, d'écoute, de créativité que son caractère positif et sa motivation. Elle n'aurait jamais imaginé auparavant qu'elle pourrait y parvenir.

Dans sa vie personnelle, elle se retrouve régulièrement confrontée à des situations qu'elle ne maîtrise pas, mais pour lesquelles elle doit trouver seule des solutions. Comprendre comment fonctionne un taille-haie électrique sans jamais l'avoir utilisé avant, changer des fusibles, faire remonter la pression de l'eau sur la chaudière sont autant de petites victoires qui lui prouvent qu'elle peut se débrouiller toute seule.

Six mois après la disparation de son mari, elle se sent complètement perdue dans ses émotions. Sentir le regard de certains hommes sur elle la déstabilise et, en même temps, elle a l'impression de les chercher, de les provoquer. Elle a perdu beaucoup de poids dans les dernières semaines et c'est comme si elle était une autre personne. Lorsqu'elle se regarde dans le miroir, elle est toujours elle et, pourtant, elle se sent vraiment différente.

Cette période est très déroutante à vivre, à assumer. En permanence, elle a la sensation d'avoir perdu le contrôle d'elle-même, de ne plus se maîtriser. Elle a de nouveau envie d'être belle, désirable, de se prouver qu'elle peut plaire. Une voix intérieure lui intime de cesser ces comportements de séduction et puis, l'instant d'après, une autre voix semble lui reprocher de ne pas profiter. Elle le vit comme un dilemme permanent qui la fatigue beaucoup. Elle vibre, se sent tout excitée et, par la suite, s'en veut terriblement et se sent coupable. Mais elle se répète sans cesse qu'elle offre d'elle une image qui ne lui plaît pas du tout. Elle sait qu'elle aime toujours profondément son mari et pourtant le désir est là, son corps lui rappelle qu'elle est vivante. Elle pense que son désir et sa douleur ne vont pas de pair, que c'est incompatible et pourtant…

Que vont penser les autres de son comportement ? Peut-elle rire à gorge déployée alors qu'elle est veuve ? A-t-elle le droit de regarder un homme qu'elle trouve beau dans la rue ? Est-ce mal qu'elle ait envie qu'on la regarde ? Cette peur permanente d'être mal jugée par les autres la taraude. La psychologue qu'elle consulte depuis plusieurs semaines la rassure, lui explique qu'il s'agit d'une réaction normale. Elle entend ses propos, mais il lui est encore très compliqué d'assumer ce comportement qu'elle vit si mal.

Certains collègues masculins commencent à la regarder différemment ou alors peut-être est-ce elle qui prête davantage attention à leur changement d'attitude. L'un d'eux lui fait part de son souhait de vouloir la protéger, la consoler, mais elle ne veut pas donner suite. Perturbée par ces sollicitations, elle se sent si mal dans ce corps presque nouveau, dans ce statut de veuve. Elle n'aime pas du tout cette période de sa vie, tous ces bouleversements la tourmentent et raccourcissent ses nuits déjà trop courtes et difficiles.

Elle demande alors conseil à un ami qui a lui aussi perdu sa femme quatre ans auparavant, elle a besoin de son éclairage. Il est à son écoute tout de suite, cherche à la rasséréner, ils échangent régulièrement sur ce sujet dans les jours qui suivent. Elle ne saurait dire exactement à quelle date son trouble a cessé.

Le hasard a voulu qu'ils se voient plusieurs fois et à l'occasion d'un apéritif chez lui, elle a posé un regard nouveau sur lui. Que s'est-il passé exactement, elle ne sait pas l'expliquer précisément. Quand il la regarde, elle se sent exister de nouveau en tant que femme, elle lit dans ses prunelles rieuses de l'espoir, de la douceur et ces sensations la troublent terriblement. Elle pourrait rester des heures comme ça, à se voir jolie dans ses yeux. Leur relation évolue, passant de l'amitié à des sentiments plus profonds au fur et à mesure du temps. Il lui apporte beaucoup, la console quand elle se sent triste, la guide quand elle est perdue, il est là pour elle tout simplement.

Pourtant leur relation n'est pas simple. Au début, ils se cachent. Elle trouve que cela arrive vite après la disparition de son mari, ne se sent pas très à l'aise, n'arrive pas à l'assumer. Ils souhaitent préserver leurs enfants respectifs. Leur discrétion, les astuces pour se voir sans être vus ne fonctionnent pas bien longtemps. Leurs filles commencent à avoir des doutes, leurs absences correspondent, sans doute leurs sourires les ont trahis. L'annonce aux enfants est particulièrement éprouvante. C'est Alix surtout qui réagit le plus vivement, une réaction épidermique de rejet. Elle se met en colère, pleure, reproche à sa mère de trahir son papa, de le tromper. Beaucoup de discussions sur ce sujet suivent entre elles, mais sans parvenir à se comprendre mutuellement. Des mots violents, des chagrins profonds, de l'incompréhension. Malgré le fait qu'ils veillent à rester discrets en présence des enfants, la situation reste tendue.

Elle s'interroge beaucoup : s'agit-il d'étouffer et de compenser l'insupportable douleur de la perte de son mari ou de vivre réellement la naissance d'un authentique amour ? Elle sait qu'elle ne peut pas faire l'économie de la traversée du deuil et de la douleur qui l'accompagne. Cherche-t-elle à l'escamoter en fuyant vers un autre partenaire qui a vécu une situation similaire ? Ce retour à la vie affective est compliqué, elle a la sensation de tâtonner.

Cette nouvelle, il faut maintenant l'annoncer à sa belle-famille. Pour elle, il est indispensable que ses beaux-parents l'apprennent de sa bouche. Elle s'arme de courage et, toute tremblante, dans la crainte de leur réaction, elle se rend chez eux, un soir après le travail. Elle espère qu'ils ne vont pas se sentir blessés. Ils sont formidables et l'assurent de leur soutien, leur peine est là, mais il s'agit de la tristesse d'avoir perdu leur fils, elle n'est en rien responsable de sa disparition. Il est parti et il ne reviendra plus.

Ses amis sont tous contents pour elle, pour eux. Qu'elle ne soit plus seule pour affronter la vie, qu'elle retrouve le sourire et une douce épaule pour partager ses peines, ses angoisses et les bons moments de la vie qui ne manqueront pas. Elle a beaucoup entendu cette phrase : « Tu mérites d'être heureuse de nouveau. »

Elle essaie d'en parler avec ses enfants, mais cela reste très compliqué. Elle comprend la réaction de sa fille, elle entend sa souffrance, elle l'écoute, tente de la raisonner, la câline, mais leur rythme de deuil est différent. Elle vit cela comme une trahison vis-à-vis de son papa, elle éprouve des difficultés à considérer de manière objective cette situation. Elle lui explique de nombreuses fois que ce n'est pas trahir son mari, ni l'oublier que de s'autoriser à vivre une nouvelle relation. Elle sait que cela arrive de façon un peu rapide, elle en a bien conscience, elle ressent cette culpabilité, elle éprouve elle-même la sensation d'être infidèle.

Mais ce n'est pas la durée de son veuvage qui préjuge de l'intensité de ses sentiments pour Nicolas. Le couple qu'il formait était solide, unique. Même si des sentiments de culpabilité la font douter, elle estime ne pas renier Nicolas, elle ne l'oubliera jamais. Elle ne le remplace pas, il est là en elle pour toujours, il représente une grande partie de sa vie. Elle n'a pas choisi ce qui leur est arrivé, elle n'a pas voulu le perdre, elle l'aime si fort. Elle tente maintenant de trouver un équilibre, si délicat à mettre en place. Son cœur est-il prêt maintenant à accueillir un autre homme ?

13 Les petites attentions

Il fait beau aujourd'hui, son regard se tourne vers la fenêtre un peu trop souvent à son goût depuis ce matin. Elle n'arrive pas à se concentrer sur son travail. Un rien la distrait, le chat qui agrippe avec sa patte une balle verte coincée derrière le pied du lampadaire, une moto qui passe sur la route, une abeille qui vient butiner les fleurs dans la haie, le séchoir positionné de travers et qui semble prêt à tomber et la mélodie du lave-linge qui lui indique que le cycle de lavage est terminé.

Ses pensées s'échappent vers le week-end à venir, les prochaines vacances et il lui faut s'auto-réprimander pour revenir à la réalité, aux tâches qu'elle doit accomplir pour son travail. Il faut être honnête, cela ne fonctionne pas du tout. Son chat vient tout près d'elle, les yeux suppliants ; en miaulant, il lui frôle les jambes pour réclamer des caresses, là c'en est trop. Elle se lève, boit un peu d'eau et sort quelques minutes dans le jardin. Après cet intermède, c'est sûr, elle va se remettre à la tâche avec motivation !

Il est 11 heures 34, elle doit encore travailler avant le déjeuner : allez, du courage ! Elle rentre, se rassoit à son bureau et, au bout de quelques secondes à peine, son regard lâche l'écran et recommence sa petite ronde. Tiens, elle n'a pas arrosé les plantes à l'intérieur dimanche dernier comme elle le fait habituellement. Elle va le noter pour plus

144

tard, quand elle aura terminé sa journée de travail. Si elle écrit ce qui lui passe par la tête, elle va s'en libérer, c'est une certitude et elle sera beaucoup plus disponible pour son travail. Il est 11 heures 38 et elle a déjà couché sur le papier trois pense-bêtes.

Elle se cale au fond de sa chaise sur le coussin confortable et se replonge dans la lecture de ses mails. Elle ouvre d'abord un compte-rendu d'une réunion à laquelle elle n'a pas assisté. Cela fait maintenant deux fois qu'elle lit la même ligne, les mots flottent devant ses yeux sans qu'elle parvienne à y trouver un sens. Il est 11 heures 44, à ce stade, la meilleure solution est de faire une plus longue pause, elle n'arrivera pas à se concentrer sinon. Elle va bien finir par y parvenir, que lui arrive-t-il aujourd'hui ?

Étendre du linge dehors ne lui a pas suffi pour retrouver sa concentration et de l'intérêt pour le travail. Elle peste, râle, s'agace, mais rien n'y fait. Et puis, tout d'un coup, elle sourit. Elle a trouvé la raison de son incapacité à travailler depuis ce matin : elle est encore en pyjama. Elle est persuadée que si elle s'habille, elle sera dans de meilleures conditions pour poursuivre son activité. Allez *hop*, elle monte rapidement et file choisir sa tenue du jour.

Devant le dressing, elle n'arrive pas à se décider. Une robe, un débardeur, un pantalon ou un short ? Celle-ci est jolie, mais un peu courte. Elle se déciderait bien pour un short, mais le tee-shirt avec lequel il va bien avec est dans la panière du linge à repasser. Elle doit choisir, l'heure tourne, il est 11 heures 56. Une robe serait idéale, facile à enfiler et assez légère pour la température extérieure. Mais elle hésite, laquelle ? Ses yeux glissent sur le Velux qui lui offre un beau ciel bleu, derrière une belle couche de poussière. Il lui faudra s'armer de souplesse pour atteindre le haut et le nettoyer à fond. Elle se force à revenir sur ce qui l'occupe à l'instant, choisir une tenue. Il est 12 heures 05, elle doit se dépêcher.

Elle opte pour une robe bleu canard et s'assoit sur son lit puis, finalement, s'allonge sur le dos. Une petite sieste lui ferait du bien. Ses pensées divaguent de nouveau, elle se voit comme un escargot, tout mou qui se déplace lentement, très lentement en glissant sur des feuilles de bananier humides… Non, non, elle s'admoneste, se relève et file vers la salle de bain. Il est 12 heures 12. Inutile de lutter davantage, après cette matinée de dur labeur, ne serait-il pas bientôt l'heure du déjeuner ?

Aujourd'hui, c'est la fête des mères. Elle n'a pas très bien dormi la nuit dernière et s'attarde dans son lit, sous la couette chaude. Aucun bruit dans la maison, aucune urgence à se lever.

Elle reste ainsi pendant une bonne heure puis entend sa fille qui se lève. Elle perçoit des bruits de vaisselle dans la cuisine et puis des pas dans l'escalier. Mais sa fille ne pousse pas sa porte de chambre, non, elle file réveiller son frère qui, une fois n'est pas coutume, se lève rapidement. Que mijotent-ils ? De nouveau, des pas dans l'escalier puis des bruits dans la cuisine. Elle reconnaît le presse-agrume et une odeur de pancake vient lui chatouiller les narines. Elle patiente encore un peu puis enfile son peignoir pour les rejoindre. À peine arrivée en bas, elle file au garage pour mettre la machine à laver en route et se dirige vers la cuisine. Ses deux enfants, tout sourires, sont là, debout devant la cuisinière à faire cuire des pancakes. Hum, cela sent bon ! Chacun vient lui faire un bisou en lui disant : « Bonne fête, maman ! »

Un bon petit déjeuner préparé avec amour est encore meilleur que d'habitude. Elle savoure autant les petites attentions que les délices posés devant elle sur la table. Elle se fait servir comme une princesse et elle aime beaucoup cela. Raphaël la fait rire en arrivant, le torchon sur le bras, avec le plat de pancakes tout chauds ! Elle se régale. Le petit déjeuner terminé, oh quelle surprise de les voir débarrasser la table, se charger de tout ranger et même de faire la vaisselle ! Elle n'en revient pas, elle sent qu'elle va beaucoup l'aimer cette journée de fête des mères.

Alix tire le bras de son frère, ils sourient et lui tendent un petit papier rose. Elle sent déjà l'émotion la gagner alors qu'elle n'a même pas ouvert le message. Sa fille lui dit en riant qu'elle est vraiment trop sensible. Elle déplie soigneusement le papier et découvre un texte écrit à la main qui lui promet une journée de rêve, avec des indices pour découvrir toutes les heures un cadeau. Chaque indice est représenté sous la forme de paroles de chansons. Elle doit découvrir où est caché chaque petit présent.

Ses propres chasses au trésor doivent inspirer ses enfants ! Avec plaisir, elle lit le premier indice que lui tend sa fille. Ils sont tous les deux très excités et se dandinent sur le canapé en attendant qu'elle trouve la réponse. Elle devine rapidement et se dirige vers le garage. Là, sa fille, paniquée, lui dit : « Oh non, tu as lancé une machine ? » Elle comprend que le premier cadeau est dans la machine, on le voit d'ailleurs à travers le tambour, coincé au niveau du joint. Ils rient en attendant que la machine se vidange pour récupérer le petit paquet emballé. Heureusement, cette première découverte n'a pas souffert dans l'eau. Elle ouvre le papier cadeau détrempé et découvre un tube de masque capillaire.

Tout au long de la journée, ils suivent leur fil rouge et la rejoignent toutes les heures pour lui faire découvrir les énigmes. Elle prend des photos durant tout le temps de la recherche et, bien sûr, une photo finale avec tous les cadeaux. Elle a adoré cette journée, toutes leurs idées, leurs efforts pour lui concocter une belle surprise. Gâtée et au bord des larmes, elle prend ses enfants dans ses bras, elle les aime si fort, ils sont tout pour elle.

Même si la vie est difficile sans Nicolas, ils vivent des situations légères et passent de bons moments tous les trois. Elle se souvient notamment de Raphaël chez l'orthodontiste avec son masque baleine.

Ils rient dans la salle d'attente, ils se regardent mutuellement et se trouvent ridicules avec leur masque qui leur cache tout le bas du visage. Celui de Raphaël est bleu, avec des baleines. On distingue uniquement ses yeux marron et ses sourcils en bataille. Malgré la tentative de coiffure, les cheveux de son fils semblent vouloir prendre le contrôle. La coupe récente opérée par sa sœur qui s'est prise pour une apprentie coiffeuse n'a pas aidé les épis à rester bien cachés et dociles. Il soulève le masque en tissu par le menton pour respirer, il a chaud, il le gêne.

Elle propose de prendre une photo, il refuse puis, si elle promet de ne pas la diffuser, accepte. Amusés, ils regardent le cliché. Les manches du sweat-shirt gris de Raphaël sont relevées, il croise les bras devant lui dans une pose assez nonchalante. Les élastiques sont bien accrochés derrière ses oreilles. Il sourit derrière son masque, on le voit à ses yeux plissés et brillants. Elle le tient par l'épaule, on voit à la position de leurs têtes qu'il est plus grand qu'elle. Elle sourit également. Elle s'inspecte sans ménagement, agrandit l'image, distingue nettement les rides autour de ses pupilles et des cheveux blancs qui s'accrochent dans ses boucles. Ses lunettes de soleil, posées sur son crâne, retiennent la masse de ses cheveux bouclés en arrière. Elle porte un foulard autour du cou et une veste en jeans. Son bras est tendu en avant pour tenir le téléphone portable, le temps de capturer cet instant d'amusement.

Il lui dit : « On n'a aucun *flow* avec les masques. » Elle est bien d'accord avec cette analyse ! Le médecin arrive à cet instant devant la porte de la salle d'attente et appelle Raphaël. Il se lève pour la suivre jusqu'à son cabinet. Elle est vêtue d'une blouse blanche et porte également un masque. Le sien lui donne l'allure d'un canard avec un grand bec blanc pointé vers l'avant, il est coincé derrière ses lunettes embuées. Elle ne le montre pas, mais cela la fait sourire intérieurement, un canard à lunettes. Elle racontera cela à son fils tout à l'heure quand il sortira de son rendez-vous, ils n'auront pas de trop de toute la durée du trajet retour pour rigoler.

14 Figés dans le temps

Elle porte un vieux sweat, elle appelle ses enfants pour l'aider à trier et ranger le garage. Il y a du pain sur la planche, il leur faut vider toutes les étagères et, pour chaque objet, décider de le conserver ou non. S'il n'est pas gardé, il sera jeté, recyclé ou vendu. Son fils ronchonne, cette activité matinale du week-end ne l'enchante guère, mais c'est important qu'il le fasse ensemble, c'est de cette façon qu'elle leur a expliqué cette démarche. Ils connaissent sa manie de vouloir que tout soit bien rangé, ordonné et Raphaël s'imagine sûrement qu'ils vont devoir rester des heures à faire le grand ménage ! Elle ne peut pas lui donner tort, elle est assez maniaque.

Aucun trésor n'est trouvé derrière les boîtes à chaussures, les pots de clous rouillés, les anciens cartons de déménagement, les rouleaux de tapisserie, les pinceaux, le vieux caddie à roulettes, les chaussures de randonnées ou encore les emballages d'appareils électroménagers. Pas de trouvaille de valeur, juste des souvenirs entassés là, recouverts ; pour certains, oubliés au fond d'une étagère, revêtue d'une fine couche de poussière ou d'une toile d'araignée. L'émotion la gagne lorsqu'elle voit, accrochée sur un clou sur le côté d'une étagère, la raquette de tennis de son mari, il ne s'en servira plus. Son vélo reste également désespérément posé sur deux bras en bois fixés sur le mur. Beaucoup de choses qui lui appartiennent sont comme en pause, figées dans un temps qui ne lui appartient plus désormais.

Quelques semaines après sa disparition, elle se souvient qu'elle ne supportait plus de voir ses affaires dans la maison. Tomber sur ses habits dans la penderie ou sur les étagères du dressing lui faisait mal. Lorsqu'elle ouvrait la porte du placard dans l'entrée, ses chaussures, rangées là devant ses yeux, l'emplissaient de souffrance. Elle a alors posé la question à ses enfants et a décidé de tout retirer. Elle a beaucoup pleuré. Toucher ses pulls, enlever du cintre le manteau qu'il portait pour se rendre chez le kinésithérapeute, plier les bas de contention qu'elle a souvent enfilés sur ses jambes amaigries. Ses larmes mouillaient tous ses souvenirs.

Elle a vidé de grandes caisses en plastique et, délicatement, elle a pris chaque vêtement pour le plier et le mettre à l'intérieur. Un par un. Elle ressentait dans tout son être la sensation de ses doigts sur les tissus, elle tentait de sentir ses habits pour retrouver une trace de son odeur. Une seule de ses chemises n'avait pas été lavée, le col gardait l'effluve de son parfum. Elle s'est effondrée par terre, terrassée par la douleur. Au bout de quelques minutes, elle a remis la chemise sur le cintre, voulant la conserver comme un doudou qu'elle pourrait venir sentir lorsqu'elle irait mal, lorsqu'elle en éprouverait le besoin.

Mais au fil des jours, la fragrance a disparu, il n'est resté qu'un soupçon éventé. Elle a fini par enlever cette chemise.

Armée de courage, elle a ensuite fait subir le même sort à ses affaires de toilette dans la salle de bain. Trier, vider et mettre de côté ce qu'elle se sentait incapable de jeter.

Une partie des effets personnels de Nicolas est maintenant stockée chez ses beaux-parents et l'autre est restée chez elle, soigneusement emballée. Elle a soulevé le couvercle récemment : son fils ayant beaucoup grandi, elle lui a proposé de prendre des tee-shirts qui appartenaient à son papa. Presque un an après sa disparation, ressortir les vêtements a été compliqué. Quand il est descendu vêtu d'un tee-shirt, elle n'a pas pu retenir ses larmes. Sans rien dire, elle s'est précipitée vers lui, l'a pris dans ses bras. Il n'a rien dit, il l'a juste serrée contre lui.

Elle ne sait pas combien de temps elle va souhaiter conserver tous ses effets, elle ne peut pas encore décider. Le trahit-elle en remisant ses affaires ? Certains objets cristallisent leur relation, lui rappellent tant de choses ensemble et les trier génère tant de questions qui la renvoient à des souvenirs douloureux. Mais elle ne peut pas faire autrement.

Elle sait pourtant qu'elle devra un jour prendre une décision, il n'est pas possible de tout conserver. C'est un sujet qu'elle doit aborder avec ses enfants, ils vont décider ensemble. Ce ne sont bien évidemment que de simples habits, mais rouvrir ces caisses en plastique revient à rouvrir la boîte des souvenirs. Il faudra, ce jour-là, s'armer de courage.

Dernièrement, elle s'est attaquée à la décoration. Elle sentait qu'elle avait besoin que leur maison soit sa maison, qu'elle se l'approprie. Elle change beaucoup de choses, déplace le mobilier, peint, tapisse et redécore. Modifier l'agencement de ce qui était leur chambre lui est apparu comme un besoin impérieux, elle en avait envie, elle ne pouvait plus être bien dans cette pièce, tant les cadres et bibelots lui renvoyaient des images de mal-être. Elle range sa culpabilité au placard, elle ne l'écoute pas, elle commence à faire de la place pour sa vie nouvelle, petit à petit.

15 La boîte

Elle se rend compte que les incursions dans son passé sont moins fréquentes ces dernières semaines. Un petit détail les appelle, une odeur, un mot, une scène du quotidien, mais elle ne se sent plus complètement anéantie après ses pleurs. Les doutes, la tristesse sont toujours là, bien entendu, mais elle arrive à poursuivre sa journée malgré les larmes qui tout à coup inondent ses yeux. A-t-elle fait le plus dur ?

Après sa disparition, elle a ressenti le besoin d'écrire, de transcrire l'innommable avec des mots. D'ailleurs, ils s'imposent à elle, ces mots, ils l'envahissent, la bouleversent, elle ne se sent plus maîtresse d'elle-même. Alors, elle baisse les armes, ne lutte plus contre ce besoin de se raconter, même si cela lui fait terriblement mal. Elle pense qu'une fois sortis et notés, ses souvenirs seront moins douloureux. Elle passe des heures parfois à s'oublier dans ce récit macabre, replongée dans cette angoisse sourde qu'elle a traversée. Elle revit tout : le choc, la sidération de l'annonce de la maladie, la peur tout le temps chevillée au corps, le chagrin énorme, dévastateur qui monte en elle sans qu'elle ne puisse le retenir ni le contrôler. Elle revit tout, la souffrance dans le regard de ses enfants, la tristesse dans les yeux de leur famille, les épaules basses d'avoir le cœur si lourd. Elle revit tout et ça lui fait si mal qu'elle doute de pouvoir se relever.

Elle voulait avoir une sorte de boîte magique que l'on ouvre afin d'y déposer toutes ses peines, ses souffrances puis on refermerait ensuite le couvercle. Ils continueraient alors d'exister, on saurait où ils se trouvent, mais l'on ne verrait que la boîte, ils ne feraient plus mal. Et la boîte n'étant pas hermétique, ils pourraient s'éventer avec le temps. Elle ressentait presque une urgence à tout combler. Pallier le sevrage de tendresse en voulant très vite se projeter dans une nouvelle relation de couple. Pallier l'absence de son mari en se mettant dans le rôle du père et de la mère. Pallier le chagrin de ses enfants en les entourant presque à l'excès. Pallier enfin son absence à la maison en s'improvisant chef de chantier, voulant tout faire elle-même sans même avoir un jour touché à un tournevis ou un marteau. Elle s'est épuisée dans cette course folle, mais avec du recul, elle pense maintenant que tout cela était nécessaire. Cela a été pour elle sa façon de cheminer, d'avancer. Elle s'est cognée, elle s'est fait mal, elle s'est sentie si limitée, si impuissante, mais elle s'est sentie vivante et elle espère que ces expériences, aussi difficiles soient-elles, lui ont permis d'apprendre un peu mieux à se connaître, à être véritablement elle.

Elle en a parcouru du chemin depuis que Nicolas est parti. Elle avance dans sa vie, avec son lot de bonnes et de mauvaises nouvelles. Elle accepte maintenant d'avoir mal. C'est un sujet qu'elle aborde souvent avec la psychologue et dont elle avait parlé avec un hypnothérapeute qu'elle avait consulté en 2019, à la suite de l'annonce de la maladie de son mari. C'est très difficile d'accepter et il lui faudra encore du temps. L'avenir l'angoisse parfois. Lorsque l'on est confronté à ce genre de drame, on ne peut plus vivre dans une sorte d'insouciance du bonheur. On sait que tout est compté, limité, que l'on ne maîtrise rien finalement ; on ne le vit pas comme une épée de Damoclès au-dessus de la tête, mais plutôt comme une envie de profiter de la vie. On apprend à hiérarchiser ce que l'on estime important et à ne pas ou à ne plus tenir compte de certaines choses qui nous encombrent l'esprit sans rien nous apporter de bon.

Elle est encore fragile, elle le sent bien. L'annonce récente de la maladie de sa mère lui renvoie toutes les images de son mari malade. Elle est celle des quatre enfants qui vit le plus près de chez elle et elle l'accompagne donc à ses rendez-vous médicaux. Ces longs couloirs blancs, ces salles d'attente pleines de visages graves sonnent comme un écho douloureux dans son cœur. Elle tâche de lui insuffler toute la force et la combativité dont elle est capable, d'apaiser par ses paroles les craintes et angoisses, mais elle sait aussi qu'elle doit se protéger. Ne pas reproduire l'oubli de soi, ne pas se laisser envahir par la peur.

Sa fille avance également dans son deuil et semble beaucoup mieux accepter que sa mère soit bien avec un autre homme que son père. Elle fait des efforts, prend sur elle. Elle ne cherche pas forcément à trop l'analyser. Elle est soulagée que cela se passe mieux avec sa fille, se sentir impuissante à consoler son enfant est tellement difficile.

Elle n'est plus seule maintenant pour avancer. Jérôme est là, avec elle. Au fil du temps, elle le découvre, elle aime sa personnalité, son intelligence, sa psychologie. Il la laisse faire ses propres expériences, aller mal et pleurer. Il ne cherche pas à l'empêcher ni à devancer les étapes de son deuil, car il est déjà passé par là. Il sait combien le temps apaise les blessures du cœur, de l'âme. Il la prend dans ses bras, la serre fort contre son cœur puis lui tend la main. Elle est chaude et douce. Elle baisse lentement ses paupières, puis les rouvrent comme pour vérifier qu'il s'agit bien de la réalité. Elle sent la pression de ses doigts contre sa peau, il la regarde. Un sourire flotte sur ses lèvres et brille dans son regard. Elle aime ses yeux, elle se voit si jolie et désirée dans leur reflet. Voici le nouveau chemin, leur chemin, ils avancent, elle ne lâche pas sa main.

Epilogue

Raconter son histoire, parler de soi, écrire sur sa vie, quelle idée ! On peut dire qu'une vie est passionnante si elle est riche en émotions, émaillée de moments difficiles, intenses, insupportables, chargée de moments heureux, drôles, doux ou trépidants. Depuis notre naissance et jusqu'à notre mort, il nous arrive plein d'aventures dans le chemin de la vie, le parcours peut être accidenté parfois, semé d'embûches, mais tout cela vaut le coup d'être vécus. C'est ce qui nous forge tels que nous sommes, ce qui aiguise notre caractère et nous rend forts.

Pourquoi vouloir se raconter ? Qui cela va-t-il intéresser ? Témoigner de son histoire, encourager, peut-être même rassurer ceux qui traversent les mêmes épreuves dans leur vie, voilà un bel objectif. Se dire que l'on n'est pas seul, que d'autres sont passés par là et ne vont pas trop mal peut faire beaucoup de bien. En aucun cas, il ne s'agit de tout raconter en détails en respectant un ordre chronologique qui ennuierait tout le monde. Les souvenirs, les anecdotes qui surgissent au détour d'une pensée, en écoutant une musique ou en regardant une photo sont l'essence même d'une histoire. Ils vont se croiser au fil des pages pour donner naissance à un récit cohérent.

Accepter ces images, les laisser sortir soulage. Cependant, il n'existe pas de termes conformes à toutes nos émotions, nos ressentis. Certains sont trop forts, ils ont été vécus comme des cataclysmes qui bouleversent tant la personne qu'elle ne trouve pas les mots adaptés pour exprimer sa douleur. Faut-il juste se laisser porter comme une vague qui vient lécher le sable sur une plage ? Alors, pressées de sortir, entraînées par le courant, les phrases viennent. Elles se libèrent du carcan douloureux dans lequel elles sont enfermées, figées.

Revivre ces scènes éprouvantes, exprimer ses sentiments, ses peines, ses angoisses, cela fait mal, mais expliquer son traumatisme permet de prendre un peu de recul sur soi, c'est comme une thérapie. Le chemin de la résilience est long, une fois le choc passé, le traumatisme traversé, il est possible de se reconstruire, de renaître de sa souffrance pas à pas. Ne pas pouvoir accepter la mort, la disparition d'un proche aimé, mais accepter de vivre avec pour surmonter le passé, faire son deuil.

La réalisation de mon livre a été possible grâce au concours de plusieurs personnes à qui je voudrais témoigner toute ma gratitude. Je souhaite tout d'abord adresser toute ma reconnaissance à Elisa Fabre, Morgane Le Gall, Thérèse Rufflé et Elodie Faussurier pour leur relecture attentive et leurs judicieux conseils. Je voudrais également exprimer mes remerciements envers mes amis et ma famille pour leur soutien tout au long de cette aventure personnelle et très introspective.